图书在版编目（CIP）数据

宅到深处自然萌 / 老西编. -- 天津：天津人民出
版社，2013.9
　（笑死你决不偿命；11）
　ISBN 978-7-201-08298-1

　Ⅰ.①宅… Ⅱ.①老… Ⅲ.①笑话–作品集–中国–
当代 Ⅳ.①I277.8

中国版本图书馆 CIP 数据核字(2013)第 169309 号

天津人民出版社出版

出版人：黄　沛

（天津市西康路 35 号　邮政编码：300051）

邮购部电话：（022）23332469

网址：http://www.tjrmcbs.com

电子信箱：tjrmcbs@126.com

高教社(天津)印务有限公司印刷　　新华书店经销

2013 年 9 月第 1 版　2013 年 9 月第 1 次印刷

880×1230 毫米　32 开本　7.25 印张

字数：150 千字

定　价：20.00 元

·目录·

壹 酸 ·就得治治你们人类爱装的习性 1

贰 甜 ·你若安不好便是晴天霹雳娇娃 50

肆 辣 ·如果世上每个人捐给我一分钱 151

叁 苦 ·快醒醒，工头喊你起来搬砖了 90

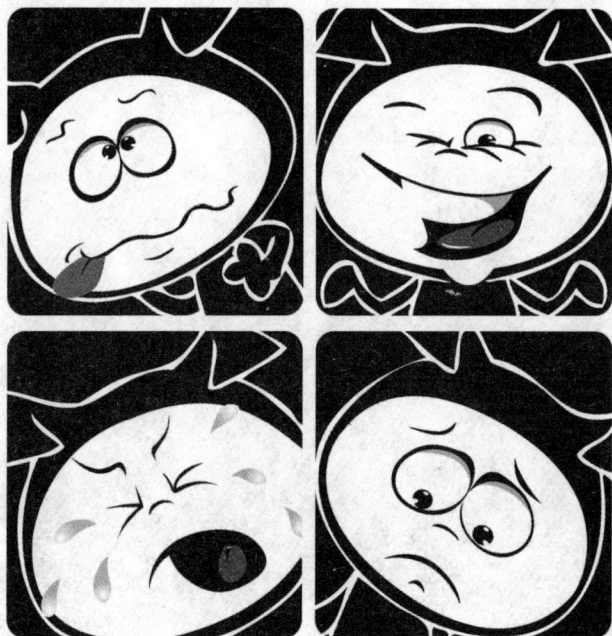

壹 酸 ·就得治治你们人类爱装的习性

人生需要揭穿/3

经典的"伤自尊"系列笑话/7

诗意/10

说人话/13

文艺青年必备十大金句/19

"装"句式大全/24

"装"行为一瞥/29

一句话证明/32

有道理的话/35

有同感的请举手/39

其实并不神奇/42

别人家的孩子/45

一句话毁掉小清新/48

人生需要揭穿

一、骨灰级的爱装的人

1. 姜子牙,你直钩子钓什么鱼? 往河边一坐,竟然就名垂千古了!

2. 诸葛亮,你就安心做个宅男吧,非要人家三顾茅庐!

3. 第欧根尼,你大庭广众之下在木桶里晒太阳,演行为艺术也就罢了,偏偏等来了一个欣赏你的亚历山大。

二、爱装的人的用词

1. 管"她"叫"伊","或者"叫"抑或","如果"叫"倘若","比如"叫"譬如"。

2. 管难受不叫难受,叫纠结;旅行不叫旅行,叫去远方或在路上；走丢了不丢脸，叫迷失；找不到地方住不要紧，那是忧伤的流浪；说哪个店的东西，要说某某家；自己不叫自己，叫我是一个忧伤的孩子，我是一个忧伤的女子，我是一个忧伤的男子；笔名的格式是 X 小 X，如陌小紫，安小蓝，霍小青，陈小卿；男人不叫男人，叫老男孩。

三、是可忍，孰不可忍

1. 地铁上的人多如牛毛，连个落脚的地方都没有，小青年偏偏要看报纸，还是英文的。都不晓得他看懂了几个单词。

2. 在大城市里混了一年，过年回老家，就左也看不惯，右也看不惯，连家里的水都不喝了，说没有经过过滤，不卫生。真是装到家了。

3. 能用英文绝不用汉语。说东西的时候，一定要把它的牌子和产地都一起说出来，不论有多么别扭。

4. "先森，请给我来一份吮指蛋香超薄碎蔬铁板 Q 饼加麦香脆饼，多放点特调墨西哥辣椒烩酱。"
要说人话：来套煎饼果子，多放点辣子。

四、就要治治你们爱装的习性

1. "我改天请你吃饭啊！"
"不用，今天就请我吧！"

2. "我下次找个机会报答你。"
"不用，现在就能报答我！"

3. "到我家乡玩吧，我负责接待。"
"太好了，我现在就跟单位请假，买票去昆明，你明早到飞机场接我啊。"

4. "这事我回头帮你问问吧。"
"谢谢，请现在就帮我问。"

5. "咱回头电话联系。"
"好，说定了哦，今晚给我打电话。"

五、人生需要揭穿

1. 御姐 = 男人性格的女人 = 男人婆

2. 犀利 = 说话直接 = 有什么说什么 = 嘴上留不住话 = 不可靠

3. 大叔 = 谢顶 + 啤酒肚 + 牙黄的猥琐男

4. 萝莉 = 可爱 = 长得不美 = 长得丑

5. 正太 = 小白脸

6. 旅行——也不过就是从一个无聊的地方到另一个无聊的地方

7. 我是××控——别说假话了，没这个控你也照样活

经典的"伤自尊"系列笑话

1

到单位上班第一个月后,听说领工资,我兴冲冲地跑到财务科,被牛会计告知:"你明天再来领工资吧,我这里没零钱。"

没零钱,我工资该多低……

2

大楼安了个感应门,一直都挺正常。有一个作者来社里签合同,他个子比较矮,走到门前,半天没反应。后来来了两个女同事,一进门,感应门就有反应了。她们俩走远的时候,其中一个还对另一个说:"你看看,个子矮,连感应器都没反应!"

3

生病了,去打点滴,护士将我的手腕擦了又擦,我问她:"是因为我的脉搏不好找吗?"

她回答:"你要勤洗澡!"

真是丢人啊,说我手腕太脏……

4

一女的找一道士,请他"驱鬼"。她哭诉:"大师,我最近真是撞邪了!我坐到椅子上,椅子竟然折了;我晚上睡觉,床也塌了;更恐怖的是,我上我们家的木楼梯,楼梯竟然碎了!我好害怕啊!"

大师抽出桃木剑,乱舞一通,然后指着那女的,大喝一声:"你该减肥了!"

5

今天吃完饭,我到土山公园遛了一圈,然后躺在公园的椅子上睡了会儿,醒来后,发现饭盒里竟然放了五毛钱。

6

有一次,很多人去参加爱国大游行。敬明也想去。他妈骂他:"现场那么混乱,人多腿杂,你这么矮,怕你被踩着……"

7

我和同事三人经过电脑城的时候,一卖光盘的跑过来,问海涛:"要光盘吗?"海涛摇摇头;他又问小青:"要软件吗?"小青理都不理;最后他问我:"要毛片吗?"

8

记得我读大一那年，在学校门口看到有学生在那里摆地摊找家教，刚想离开，那学生跑过来问我："想给你孩子请家教吗？"

9

第一次相亲，那姑娘刚见我第一面，就说："我出门的时候煲了汤，火没关，我现在要回去关火。"说完转身就走。

从此，我再也不相亲了。

10

有一次坐火车，卧铺对面是一对母子。那母亲长得真漂亮，小正太四五岁，伶俐可爱。我跟美女聊得正开心，小正太开口了："妈妈你别聊了。别跟陌生人聊天了，关键是，又不帅……"

我再也不好意思说一句话了。

11

学校一哥们儿长得对不起观众，却喜欢窥视女生。每天中午，他买好饭菜不回宿舍，而是蹲在女生宿舍楼下面，看来往的美丽身影，乐此不疲。

有一天，一漂亮女生走到他跟前，拍了他一下。这哥们儿大喜过望，开始幻想种种艳遇。

这时，那漂亮女生问："老乡，我们有一些旧书和废报纸，多少钱一斤？"

诗 意

1

淡淡的月光之下,诗人月下漫游,游至一荒郊野外,见一招牌掩隐在树林之中,上书四个大字:

阳光不锈

诗人当时就震惊了:这是多有诗意的词啊!

诗人寻思着要去拜访这家主人。走近招牌,发现后面还有四个字被树叶挡住了:

钢制品厂

2

一文艺青年画家夏天到蓟县的山里写生,见一小草房特别漂亮,充满诗意,于是在草房对面坐下,开始画画。大约画了一上午,这时候,来了一农民大爷,过来说:"你这孩子真奇怪,画我家厕所做什么呢?"

3

在宋庄那个艺术家扎堆的地方，总有人深夜伫立在农民的破拖拉机前，问农民："你这件作品想要表达什么？"

4

某大师的 QQ 签名是："我不说，你不懂。这就是我们之间的距离。"多有诗意的一句话啊！

有人给他留言评论："这正在上演一个哑巴和一个白痴的爱情故事。"

5

"月明星稀，乌鹊南飞；绕树三匝，无枝可依。"

请问：这四句表达了曹操的什么心境？

"去吃饭找不到停车位。"

6

一文艺女青年找了个理工科男朋友。你看，这不……

一天，看外面春光明媚，杨柳依依，文艺女青年不禁念起了诗："流光容易把人抛，红了樱桃，绿了芭蕉……"

理工科男友赶紧接话道："亲，你是想吃樱桃，还是想吃香蕉？我给你买去！"

7

一文艺女青年找了个理工科男朋友。你看，这不……

在一个春雨绵绵的白天，文艺女青年心里有了淡淡的诗意，念起了李清照的词："莫道不消魂，帘卷西风，人比黄花瘦。"

理工科男友一听，插话道："应该是'人比黄瓜瘦'吧？"

8

我的发小海涛挺喜欢捉弄人的。有一次，我到他家楼下，喊他借一本漫画书《七龙珠》给我看。他说："你在楼下接着啊，我扔下来了……"

没想到，他端了一盆冷水，"哗"地一下泼了下来。

只见密密麻麻的水珠子，排成一个圈，从天上飘下来，好美！

说人话

1

"楼主大人,今儿个与君萍水相逢,仿佛前生哪里见过,但见君生得眉清目秀,一表人才,想必文字自然是极清雅的;倘若今后能多多指教在下,那是再好不过的了。在下先有礼了。"

"说人话!"

"我是来蹭经验的!"

2

"刚才有道数学题,极是诡异,鄙人百思不得其解。若是阁下来解此难题,想必是顺水行舟,一日千里……"

"说人话!"

"这道题我不会做。"

3

"女史大人明鉴,君今儿个买的蛋糕是极好的,乃上上品,厚重的芝士配上浓郁的慕斯,实人间美味。我若有幸品上一口，虽会体态渐腴，也不负君的好意。"

"说人话！"

"我想吃你的蛋糕！"

4

"先森，请来一份吮指蛋香、超薄碎、蔬铁板饼，加麦香脆饼，再放点特调墨西哥辣椒烩酱。"

"说人话！"

"来套煎饼果子，多放点辣子。"

5

"母后，今儿个在一风水宝地、购物天堂——淘宝网上，见一皮质小包，小巧玲珑，模样俊俏，色彩艳丽，私心想来，与母后极为相配……"

"说人话！"

"妈，我买了只包。"

6

"今儿个是春风吹红了花蕊，父亲大人，请推开窗户，看这满园的欲望是多么美丽……"

"说人话！"

"我不想去上课。"

听说最近流行甄嬛体……

说人话！

7

"今儿个李指导对韩国的那场球，排兵布阵极为诡异，私心想着，若是换了阵型，增加地面配合，想必对球员、观众、领导、球市及中国足球是极好的。"

"说人话！"

"李章洙下课！"

8

"亲，你家店里这件衣物，做工极好，刺绣的料子配上简洁的剪裁，是最好不过了。我想多买几件，虽会让我钱包消瘦，倒是不负你的恩泽。"

"说人话！"

"能包邮么？"

9

"昨日我跟中石油下了个单，今儿个跟电信签了个约，明天要去跟联通和苹果签一个三方合作的方案。"

"说人话！"

"加个汽油，装个宽带，买个手机。"

10

"娘子，今儿个看到的此套房子，价格极是高昂，地段极是诡异，若是娘子不买，定可免去不必要的花销，对娘子形象也是极好的。"

"说人话！"

"老婆，这房子买不起。"

文艺青年必备十大金句

No.10 因为懂得,所以慈悲

张奶奶这句话本来挺好的,可是每当那些淡眉小眼、头发凌乱、鼻毛突出的男人饱含深情地念出这句的时候,我心里就会猛的一抖。

文艺指数:9
恶心指数:5

No.9 岁月静好,现世安稳

胡兰成果然跟张奶奶是一对——矫情种子。酸到牙倒,滥到胃痛。

文艺指数:9
恶心指数:6

No.8 不如相忘于江湖

这句话一般用于恋人分手时所说。分手就分手，偏要找借口，还要装古典。类似的还有"忘记了吧，就像忘记一朵开过了的花"。

"不如相忘于江湖。"你真的以为在江湖上混呀！我现在看到这句就有点抽搐了。

文艺指数：8
恶心指数：6.5

No.7 面朝大海，春暖花开

海子的这首诗，高中时候第一次听来，非常喜欢，可是后来成为几乎所有文青的口头禅时，就滥遍大街了。

文艺指数：10
恶心指数：7

No.6 世间事大抵如此

据说这句话能让人一秒钟就变成哲学家，同时带有一股"淡淡的忧伤"气味。如：你不吃就会饿，世间事大抵如此；一加一等于二，世间事大抵如此；你对猫好，猫就对你好，世间事大抵如此；星期天之后是星期一，世间事大抵如此……

世上本没有哲学家,这个后缀用多了,你就变成了哲学家——

"世间事大抵如此"。

文艺指数:7
恶心指数:7.5

No.5 温润如玉

"好一个温润如玉的男子……","等待,只为一个温润如玉的男子……","忧郁眼神,身材消瘦,真是谦谦君子,温润如玉……"

是不是脾气好的,就叫"温润如玉"?

文艺指数:8
恶心指数:8

No.4 要坚强,要勇敢,要幸福

每当有人这样劝我的时候,一阵恶躁就会涌上心头。对不起,我不是你要的那杯茶!

文艺指数:5

恶心指数:9

No.3 我们是糖,甜到忧伤

是不是,你们渗入骨髓、流淌的都是蜜?好吧,你们唯美、尊贵、风情、强势、高档、奢华、碧水蓝天、简约生活……你们甜得可以酿蜂蜜了!

文艺指数:6
恶心指数:9

No.2 人生若只如初见

很多喜欢这句话的人对我说:"你没读过啊,是安意如写的,有诗意吧?"敢情安意如是千年老妖,活在纳兰性德的前头了。现在听到别人说这句话,我就反感、倒胃。

文艺指数:9
恶心指数:9

No.1 你若安好,便是晴天

无论多少次听这句话,第一反应就是一阵恶寒。幸好有众多网友与我同感,并讽刺了这"装文青第一金句":

你若安好，便是晴天。你若不好，我便心安。

你若安好，便是晴天霹雳。

你若安好，便是晴天霹雳娇娃哈哈蛤蟆。

你若安好，便是晴天。现在看这天气，你大概要挂了。

你把电脑玩坏了，现在，你若安好，便是晴天；你若安不好，我就要打你。

你若穿秋裤，就是晴天。

我若离去，后会无期。

文艺指数：9

恶心指数：10

"装"句式大全

1

你一定要幸福哦。

哭评：最无用的劝告，只会让人心头怒火"腾"地升起。

2

我们都是好孩子，是最善良的孩子。

哭评：三十好几的人了，还好意思说自己是孩子……

3

如果爱，请深爱。

哭评：如果骂，请痛骂；如果打，请往死里打；如果滚，请赶快滚。

4

好吧，我承认我……

哭评：自我感觉也太好了吧。

我们都是好孩子，是最善良的孩子。

哭评：三十好几的人了，还好意思说自己是孩子……

　　一个淡淡的男纸，爱上了一个淡淡的女纸，他们都是最善良的孩纸。

5

此女子……此男子……

哭评:你妈没教你用第三人称说话啊。

6

真让人心疼。

哭评:一个大老爷们儿,心是水做的啊。真叫人胃痛。

7

我希望带着我最初的梦想走下去。

哭评:一听到某歌星说这些话,我立即关掉电视。

8

人生若只如初见。

哭评:本来好好的一句诗,被乌合之众糟蹋成什么样子儿。

9

殇。

哭评:写成"伤",谁都懂,偏要装成古文功底深厚。一个字你也要装!

10

我爱你,再见!

哭评:再见,要快。

11

美,丽,如,初。(一字一顿句式)

哭评:你以为断了句,就成了诗啊。

12

如鱼饮水,冷暖自知。

哭评:同 8,装有文化。

13

一回头已是百年身。

哭评:装沧桑。

14

那苍凉的手势。

哭评:装沧桑。

15

原来你也在这里。

哭评:剧情极狗血。

16

这个温润如玉的男子。

哭评：好词用滥的典型。

17

不是我想要的那杯茶。

哭评：那就喝白开水吧。

18

执子之手，与子偕老。

哭评：同 16。

19

没来由的伤感。

哭评：装出来的忧伤，让人笑。

20

我爱你，与你无关。

哭评：既然无关，为何总是放不下？

"装"行为一瞥

1

平时聊天时,时不时地冒一句英文,甚至给自己起英文名字。

2

到超市买面包之后,然后放进写着 KFC 的袋子里,当早餐。当然,袋子是以前留下来的。

3

到收废品的那里买了很多不同牌子的矿泉水瓶,然后,每天灌白开水,让同事觉得每天在喝不同牌子的矿泉水。边喝还边骂:"怡宝太难喝了。""雀巢的还就合。""农夫山泉一点都不甜,只能拿来洗手了。"很多女同事都以为他很有钱。

4

在网上看到一些段子,然后跟同事吹,说成是自己亲身经历的,言之凿凿。

5

当铺门口,一对男女在吵架。原来,女的没钱用了,想把身上的钻戒和项链当了换钱用。结果,被告知两样都是地摊货。这两样是当初那男的送的。

6

拿着真维斯的袋子,到大胡同某地摊上买一大堆的衣服,然后在路人羡慕的眼光中,慢悠悠地回家。

7

明明不胖,每次吃饭非要说,吃这个会胖,吃那个会肥,无非是,想要别人夸她瘦。

8

捡到一个"中华"的烟盒,从此以后,就没再见他抽过别的牌子的烟了——因为,那些散装的烟,都放进"中华"烟盒了。

9

签名档上写:人生目标:20 岁之前个人资产超过 1 亿。

10

签名档上写：我喜欢吃清淡的蔬菜与微热的三文鱼片。

11

签名档上写：我喜欢看一些能引发人类深思的电影。

12

都分手了，还装："不是说好了，要一直当对方的天使么？"

一句话证明

一句话证明你上过学：
请有感情地朗读并背诵全文。

一句话证明你追过《还珠格格》：
尔康，一个破碎的我，怎么帮助一个破碎的你？

一句话证明你是混淘宝的：
亲，包邮哦！

一句话证明你很寂寞：
空当接龙拿什么牌都赢。

一句话证明你读过四大名著：
军师，大事不好，林冲带着林妹妹奔花果山去了！

一句话证明你看过柯南：
自杀自杀，绝对是自杀！

一句话证明你不幸福：
冬天没有暖气。

一句话证明你听过郭德纲：
你无耻的样子颇有我年轻时候的神韵。

一句话证明你是老球迷：
这一场，中国队只要打平就可以出线！

一句话证明你读过唐宋明清诗词：
过尽千帆皆不是，十年生死两茫茫，滚滚长江东逝
水,当时只道是寻常。

一句话证明你看过《动物世界》：
又到了繁殖的季节。

一句话证明我爱你：
从今往后,我的 C 盘、D 盘、E 盘、F 盘和移动硬盘里,
只存你的照片。

一句话证明你没有女朋友：
求种子。

一句话证明我是吃货：

下午三点闲得没事儿，跟旁边的人说："咱俩吃饭吧。"

一句话证明你老了：

别人发短信过来我都是直接回电话。

一句话证明你曾是天才儿童：

能够灵敏辨识爸妈下班回家的脚步声，并且5秒内关掉电视冲回房间作写作业状。

有道理的话

以下这些有道理的话来自网友的微言妙语，特整理出来，希望其中有一句能够打动你。

给猴一棵树，给虎一座山。

谁笑到最后，谁法令纹最深。

宿命还有一个说法，叫活该。

团结的叫团队，不团结的叫团伙。

笑我的人，麻烦你先把牙齿刷白了。

怀才就像怀孕，时间久了才能让人看出来。

买个房子，是为了让自己看到未来的样子么？

微笑能解决很多问题，沉默能避免许多问题。

没有医保和寿险的，天黑以后不要见义勇为。

人与人之间最和平的相处方式应该是互相不待见。

那些曾经泼过我冷水的人，我一定会烧开了还给你们。

千万别说孩子是小兔崽子，从遗传学来说，对家长不利。

口音这种东西，一旦去对了地方，那就是本地贵族气息！

生活就是这样，到最后措手不及的却是当初游刃有余的你。

说好一起出剪刀，一个出了石头，一个出了布，是谁伤害了谁。

以后别再提"白菜价"这词了，好吗？一颗白菜都要 10 块了。

既然 1 + 2 = 2 + 1 ，那么是否 I love you = you love me？

所有的人都站在一边并不一定是好事，譬如他们都站在船的一边。

所有的人都是平凡的，有些人因知道这一点而真正成了平凡的人。

始终相信，说走就走，是人生中最华美的奢侈，也是最灿烂的自由。

"其实他，人不坏。"我们因为这句话，容忍了生活中多少不该容忍的人和事。

《走进科学》终于揭开神农架野人之谜——原来这是一群买不起房的中国人！

算命先生都是盲人这件事告诉我们一个道理，喜欢剧透的人是没有好下场的。

在中国，医生是最卑贱的职业之一，因为越来越多的中国人都开始看不起医生了。

斗，中国古代长度计量单位，大约相当于今天的 17
厘米。例句：小明是一位才高八斗的作家。

比小溪更宽广的是河，比河更宽广的是江，比江更宽
广的是大海，比大海更宽广的是——胖大海。

有同感的请举手

1

晚上睡觉睡着需要 1 个小时,中午睡觉睡着需要 10 分钟,看稿子睡着需要 5 分钟,早上关完闹铃继续睡着,只需要 1 秒钟。

2

课堂上,老师自言自语:"这道题谁上台来做呢?"这时候,总会有一种神秘的力量,驱使我暗想:"可能会叫我。"

果然,老师就点了我的名字。

3

在路上碰到一个半生不熟的人,想打个招呼,又顾虑是否过于殷勤,最后尥了,装做没看见,走了。事后,我被人误解为傲慢。

4

QQ 上，总有一群隐身的朋友，如死人一般躺在你的好友列表里，偶尔诈诈尸，时不时地还会改改他们的墓志铭。

5

看了一场完全看不懂的电影，四处张望，发现别人专注而陶醉，终于忽然明白，孤独是什么。

6

在学校的自习室里、食堂里、图书馆里，总会上演这样的"鬼故事"：一个同学指着一个空荡荡的座位说，这儿有人。

7

从小到大，我好像没有吵过一次成功的架。每次都是在事后，才想起来该如何回击。

8

我在学校食堂买了土豆烧牛肉，一不小心掉了一块牛肉，于是菜里只剩下土豆了。

9

有一天，我的空调遥控器找不到了，于是我在百度里输入:遥控器找不到了怎么办?

结果,我看到有人回复:是不是放在空调上面了?

于是我去看了家里的空调上面,果然遥控器在那里。

万能的度娘啊!

10

最让人受伤的一个字,曾经被它无数次地摧残:哦。

11

有没有人跟我一样,没工作的时候,看那些整天忙着上班的人,羡慕得不得了;而一旦工作了,看那些整天闲逛的人,又羡慕得不得了。

12

男生宿舍的阿姨,对待男生像对待自己的儿子;女生宿舍的阿姨,对待女生像对待自己的儿媳妇。

其实并不神奇

1

"哇! 今天是 12.12.12 耶, 一辈子只能遇到一次啊! "

其实, 每个日子都只能遇见一次, 不然叫什么日期啊。没什么大不了的。

2

"茫茫人海中, 我竟然跟你同一天生日, 这是多大的缘分啊! "

其实, 按照"抽屉原理", 每 365 个人中, 至少有一个人与你同一天生日。没什么大不了的。

3

你们天天说"正能量", 其实, 不就是以前说的"自欺欺人"么。没什么大不了的。

4

小时候, 把今天要做的事拖到明天, 把明天要做的事拖到后天，最后都拖烦了，干脆一次性拖到第 N 个明天，然后称它为"理想"。没什么大不了的。

5

美丽的农村生活其实并不神奇，你待的第一天会觉得空气真清新，第二天会觉得野菜真好吃，第三天会觉得生活真安静，第四天会觉得人有些少，第五天会觉得寂寞，第六天会觉得无聊，第七天，你会觉得乡下真不是人待的地方。

6

千里骑单车追夕阳，其实并没有那么神奇和美好。有一年暑假，两个大学生决定骑单车从天津到泰山，且路上不带一分钱，经过 12 个小时的长途跋涉，终于到达了途中的一座小城，累得半死的他们，早没了出发时候的豪情，只顾拉住路人就问："二手自行车要不？不贵，换张回天津的车票就行。"

7

李彦宏、马化腾、周鸿口等 IT 大侠都是天蝎座，于是有人得出结论："天蝎座一统 IT 界。"

　　天蝎座有这么神奇吗？其实不然。比如，搜狐总裁古永锵是狮子座的，李开复是射手座的，乔布斯是双鱼座的，人人和千橡的陈一舟是狮子座的，马云是天平座的，陈天桥是金牛座的。

　　因此，专门从天蝎座中挑选 IT 大侠，明显是统计样本选得不对。这，并不神奇。

别人家的孩子

1

小学时候，"你要是不好好学习，将来就考不上初中"；

初中时候，"你要是不好好学习，将来就考不上高中"；

高中时候，"你要是不好好学习，将来就考不上大学"；

大学时候，"你要是不好好学习，将来就找不着工作"；

工作面试时候，"你读书的时候，是不是光顾着学习了？"

2

小学时候想出去玩，"小孩子自己出去很危险，在家待着！"

初中时候想出去玩，"还有那么多作业，玩什么玩？"

高中时候想出去玩，"马上就要高考了，你还敢出去玩！"

终于上大学了，"怎么不出去玩呢？"你说："找谁玩呢？"

3

在茫茫宇宙中，有一种神奇的生物，叫"别人家的孩子"：这种生物从来不玩游戏，不聊 QQ，每天只知道学习，回回都年级第一；这种生物从不看足球，不看漫画，看到电脑就头昏；这种生物琴棋书画样样精通，甚至会刀枪剑戟斧钺戈叉等等十八般武艺；这种生物天生就是团员、党员、公务员；这种生物长得好看，写字好看，成绩单也好看……

4

放学前，老师在黑板上写下"今天没有作业"六个大字。全班顿时欢呼一片。

这时候，老师微微一笑道："这就是我们今天的作文题目！"

5

课堂上，语文老师说："在我的人生字典里，没有'失败'这两个字！"

这时候，底下传来一本字典："老师，我的借你！"

老师怒道："这节课你站着上。"

6

小学同学在晒孩子幼儿园的成绩，初中同学在晒宝宝，高中和大学同学在晒结婚，研究生同学在晒被子……

7

没考上大学的同学们不要灰心啊，赶紧努力创业，三四年后帮刚毕业的老同学解决就业问题。

8

那时候电视里放《包青天》。有一天上课，老师喊："上课！"班长那天脑残，喊了声："升堂……"全班同学一愣，跟着喊："威——武——"

老师震惊了："你们这是要造反吗？"

9

有一回上地理课，老师告诉同学们，印度人吃手抓饭。

底下一位同学就问："老师，他们吃火锅吗？"

一句话毁掉小清新

1

在青岛著名的沙滩上，很多人都在沙滩上画心型图案，写着"我爱你，海枯石烂"、"永远和你在一起"等动情的话。我大为心动，于是也画了个大大的心型，对老婆说："你也写一句吧。"老婆大手一挥，写下八个大字：

顺我者昌，逆我者亡！

2

我在学校食堂排队买饭的时候，突然背后有人拍我肩膀。我回头一看，是位陌生的美女。我正吃惊的时候，她说："不好意思，认错人了。"

正当我暗自得意是不是交了桃花运的时候，那美女已经和另一个女孩离开了，远远的，我听到她小声地说了一句："你还说帅，帅个屁……"

3

高中毕业那年，18岁，她向他表白，他拒绝了。然后各奔东西。十年后，再次相遇，他向她求婚。她问："当初你为什么不答应？"他说："我想成为你的归宿，而不是初恋。现在，我们都懂得了什么是爱。"

她把头扭向一边，喊："儿子，过来叫叔叔。"

4

一对新婚夫妇来银行开卡，设置密码时，两人各按三个数字，而且不让对方看到。这样，每次取钱的时候，就得两人都在场，各按三个数字才能取出钱来，一个都不能少，必须在一起，多有爱啊……

第二天，那女孩拿着身份证，去银行办了挂失，并重新设置了密码。

5

这一定是传说中的一见钟情。在火车上，他朝她笑，她也朝他微笑。聊着聊着，当他告诉女孩他的生日时，她惊呼：竟然是同年同月同日生。

这是天意么？

只见女孩递过来一张名片，上面写着：平安保险。

6

他坚持要牵着她的手在雪地里走。她不高兴:"我已经说分手了,你这是干什么?"

"最后再陪我走走吧,因为,因为在雪地里咱俩一起走,一不小心走着走着就白头了……"

女孩也红着眼圈儿答应了。

走着走着,天就放晴了,哪里来的白头雪呢?她看见他一直在挠头。

7

他是个内向的男孩,一直以来都不敢向女孩表白。有一年下大雪,他堆了个小雪人。他对雪人说:"我可以跟你说话吗?"雪人竟然点点头。他又说:"我可以抱抱你吗?"雪人也同意了,在他耳边轻轻地说:"我穿越四季,只为在你的怀抱融化。"

当天晚上,男孩得了重感冒。

贰 **甜** ·你若安不好便是晴天霹雳娇娃

萌爸萌妈 /53

相亲遇到极品 /57

老夫老妻的笑话 /59

超萌的妈 /64

小 明 /68

他她轻喜剧 /72

我是叫你来回滚 /75

小故事,大智慧 /78

我有一个梦想 /84

小明还没把笑话讲完 /86

手机铃声乐翻天 /88

萌爸萌妈

萌 爸

1

进大学第一天，我跟老爸商量："要不你把一个学期的生活费全都给我吧？"

老爸说："要不我把四年的生活费都给你吧，前两年你当花花公子，后两年你当叫花子！"

2

老爸说他年轻的时候，下象棋，在县里排第二。我问谁第一。老爸说："那时候跟你妈谈对象，你外公第一。"

年轻时候的老爸真懂事。

3

小时候，老爸总是拉着我去散步、买菜，每次我跟在后头，他在前头，他把小手指留给我牵着。

大学后，有次回家，他带我去买菜。我走后头，发现他小手指翘着，一如小时候。

4

有一回我在厨房炒菜，老爸非要过来帮忙。锅里有点水，老爸眼花，误以为是油，就丢了几颗花椒。我怪他帮倒忙，浪费花椒。老爸说："我熬花椒水。"

5

有一回我在外面办事，接到老爸的电话。我听他像是喝醉了，就问他在哪里。老爸说："我也不知道。"我顿时就慌了，赶紧问："那你周围有什么东西呢？"

老爸说："有一台电视，还有你妈……"

萌 妈

1

喜欢一女神很久了，表白过，被拒绝了，但又会经常聊天。

有一次聊天中，我中途有事离开了。没想到，老妈冒充我继续聊。

等我回来后，一看聊天记录，嘿！女神竟然答应了！

姜还是老的辣！

2

记得我小时候，有一回放暑假。我拿着暑假作业找老妈："我暑假作业太多了！"老妈拿过来翻了几页，然后把作业本撕了，扔到垃圾桶。当时我就震惊了。老妈说："老师若是问你，你就说，你爸爸妈妈打架，你妈把暑假作业撕了！"

3

记得小时候，有一回我跟老妈一起去买菜。一菜贩子对一位老爷爷没礼貌。老妈就偷偷地折菜贩子的菜，折成两半。

4

有一回，老妈一瘸一拐地回家。我问怎么了。老妈说："我在路上看到一个水坑，很多人都绕着走。我看着那坑也不大，就想试一试，结果一跳就摔了一跤。"

5

"你爸不在家。不想做饭，猫在陪我吃饼干。"老妈这条短信我一直存着。

6

那年赶上金融危机，老妈下岗了。有一阵子没找到工作，她给一企业发传单。她在闹市口，一边发一边说："麻烦你，帮忙扔一下，谢谢！"

相亲遇到极品

1

相亲遇到极品男,去肯德基也就算了,你别只点两个甜筒;点甜筒也就算了,你别对服务员说:"两个便宜一块钱,可以吗? 我都来这么多次了。"

2

相亲遇到极品女,她很狡猾的,不直接问我有没房、有没车,而是问:"你们小区停车费多少钱一个月? "

当时我就震惊了。

3

都不记得这是第几次相亲了,只知道,一条烤鲫鱼,从 16 块涨到现在 36 块了。

4

小刘相亲回来后,媒人王姨问:"见面怎么样? "

小刘答道:"还不错,那女孩对我应该挺满意的,她中间洗了三次脸,可能是为了漂亮,洗个脸补个妆啥的。"

王姨一听乐坏了,就在这时,那女孩给王姨打电话了:"王姨,真是不好意思,我看还是算了,相亲实在太无聊,我中间洗了三次脸,才没睡着。"

5

相亲遇到极品女,她要求道:"我的要求并不高,你的学问得像易中天,你的体格得像姚建联,你的家里得像花园,你的银行存款至少得有100万,另外,你得非常非常体贴我。"

我回答:"我有个同学可以帮你忙,他是一个作家,可以在小说中为你专门塑造一个。"

6

明天早上就要去相亲了,于是我到夜市买了一条大金链子,15块,拴在脖子上。我问小摊的MM:"不会褪色吧?"小摊MM说:"掉色我死全家!"

第二天我兴冲冲去相亲,竟然发现,对方就是那位小摊MM。当时我非常尴尬,汗流浃背,这时候,金链子掉色了。

7

相亲归来,大哭。众不解,问其故。曰:起初说是瓜子脸,一见面才知瓜子大头朝下。

老夫老妻的笑话

1

有一天,法国总统戴高乐与一位朋友在公园里散步。

当看到一对依偎在一起的情侣时,那位朋友十分感慨地说:"还有什么比一对青年男女更美好的呢?"

"有,老夫老妻。"戴高乐答道。

2

老两口金婚,老头子问他老伴:"要巧克力还是要玫瑰花?"

老太太回答:"还是买西兰花吧!"

3

林荫道上,一对老夫妻在散步,迎面走来一位少女。老头子一直在看少女。老婆子不高兴了:"你在看谁呀,老家伙?"

老头子微笑着拍妻子的肩膀说:"老太婆,在她身上,我找到了你过去的影子。"

4

一位老太婆有生以来第一次喝了一口啤酒,大惑不解:"咦,这味道跟我丈夫二十年来一直喝的药一模一样。"

5

"老太婆,你听得见吗?"他来到老伴身后十米的地方。

老伴没有反应。于是他来到老伴身后五米的地方:"老太婆,你听得见吗?"

老太婆依然没有反应。于是他又来到老伴身后一米的地方:"老太婆,你听得见吗?"

这下,他太太有反应了:"老家伙,我听到了,这是我第三次回答你了!"

6

一对老夫妻在看电视,突然在放选美比赛。老头子脸一红,转身就进卧室了。

老太婆笑话他:"老家伙还挺封建!"

老头子一会儿就回来了,脸上多了副老花镜……

7

一对老夫老妻在看电视。电视上主持人正在报道:"研究表明,70%的男性盼望拥有婚外恋……"听到这里,老头子总结到:"我肯定是那 30% 的了。"

话音刚落,主持人继续报道:"另外 30% 的男人已经拥有婚外恋。"

8

一个冬天的早上,一群老头子一边晒太阳,一边聊天,讨论这些年来是怎么存私房钱的。大家感慨无论想什么招都迟早会被老婆发现。

这时,老张淡淡地说:"我都存银行。"

"存折和卡怎么藏?"众人问。

老张憨憨一笑:"烧掉。要用的时候,我再拿身份证去补。"

9

一个夏天的午后,老太婆对老头子说:"我饿了,可是不想下床。"

老头子问:"你想吃什么?"

"我想吃巧克力冰激凌。"

老头子一口答应:"好,我去买。"

老太婆告诉她老伴:"你要记得在巧克力上放一些奶油,记不住的话,你就写在纸上。"

"你放心,我记得。"

"再加上一斤草莓啊!"

半个小时之后,老头子买了火腿三明治回来了。老太婆咬了一口，皱起眉头说："老家伙，你又忘记放芥末！"

10

老太婆担心老头子在外地有外遇，就给他写了封信。信上只有一个字：

怂

老头子一看明白了，回了一封信，里面也只有一个字：

您

老太婆一看就放心了。原来，"怂"字的意思是：你心上有两个人吗？"您"字的意思是：我的心上只有你！

11

今天坐火车，一对老夫妻坐在我身边，其中一个是来送另一个的，两人双手拉在一起不停地念叨。快要发车了，老太婆下车，回头说了句话，差点让我哭出来："老头子啊，今年我 88 岁，你 89 岁，这是咱们这辈子最后一次见面了……"

12

一对老夫妻坐床上回忆往事。

老头子："我觉得咱们的一双儿女是上天赐给我的最好的礼物。"

老太婆："那我呢？"

老头子："你是上天。"

13

晚饭后，老头子洗碗，老太婆坐沙发上傻笑；老头子擦地，老太婆还坐着看电视。

老头子："能不能帮把手？"

老太婆："我才不想动呢。"

老头子："凭什么你坐沙发上看电视，我就得擦地啊！"

老太婆："这你可就比不了，我有一个好老公，你有吗？"

14

一对老夫妻，老了还玩浪漫，最美不过夕阳红，他叫她"西瓜"，她叫他"芒果"。

有一天，他从外面回来，想叫老伴陪他一起散步，懒得上楼，就在楼下高声喊："西瓜，西瓜！"

话音刚落，二楼一位妇女打开了窗户问："多少钱一斤？"

超萌的妈

1

妈妈在院子里种了西红柿,到果实红了的时候,妈妈去给它浇水,一边浇一边念叨:"明天就要吃你们了,今天你们要喝饱点啊……"

2

妈妈学会上网了,从网上看到别人支招,说洗衣服的时候放点醋,会让衣服柔顺;又有人支招说,再放点盐,衣服会更挺……结果,妈妈在洗衣机里煲了锅汤。

3

儿子被爸爸打了,去找妈妈告状。

"老妈,有人打了你的儿子,你会怎么办?"

"我会报仇,我打他的儿子!"

4

儿子太宅了,脸也不洗,胡子也不刮。他老妈实在看不过去了,冲他吼道:"快去把你的脸打扫一下!"

5

老妈刚在网上学会了打麻将,起手就摸到一副好牌,听和了。我和老爸围观,大呼小叫,探讨可以和哪几张牌。

老妈非常严肃而淡定地"嘘"了一声道:"小声点,别让她们听见了!"然后,她指了指屏幕上的几个玩家。

6

老妈有一次在网上斗地主,摸到一副天牌,一对王,四个2,四个1。她要炒菜,离开了会儿,让老爸接着打。回来一看,老妈气得叫天不应——老爸将天牌做"三个2带一个1,三个1带一个2,俩王单点"打了!

7

有一次,女儿正在QQ上跟男朋友聊天,她妈妈在一旁围观。聊着聊着,她妈说:"太磨叽了,我来。"生生地把她女儿从椅子上拽下来,并立即对她未来的女婿QQ发消息:

你爱我吗?

8

我在上网聊天,老妈想上网打牌,可是又不好意思对我说，于是，她就故意捣乱——每次从我旁边飘过的时候，总要"不小心"踢一下网线，结果网络时上时下，然后，老妈就万分道歉……

我只好拱手让位，老妈喜滋滋地斗地主去了。

9

女儿身材不好，她老妈损她："你这身板，横过来搁四菜一汤都不带洒的！"

10

老爸和老妈一起玩游戏，植物大战僵尸。每次遇到困难的时候，老妈一点都不淑女，她狂喊的竟然是："她奶奶的！"而老爸喊的是："共产主义万岁！"

11

老妈平时挺环保的，包装袋啊、废纸啊、布头啊，她都要留下来。

她教导我们："要提倡节能，你们唱歌的小伙子，不是有个叫'周节能'的吗？"

12

有一次，我问老爸和老妈："你们第一次见面的时候，是不是很浪漫，你们说的第一句话是什么？"

过了好一会儿，他们异口同声地回答："你吃了吗？"

13

晚上，我眼睛有点痛，于是滴眼药水，再睁开眼的时候，却发现什么都看不见了！

完了，肯定是买了假药，我瞎了！

正当我乱喊乱叫的时候，老妈点了蜡烛过来说："刚停了电，看把你吓的！"

小明

1

爸爸烧鱼的时候，小明在一旁焦急地说："爸爸，鱼里不要放刺呀。"

2

小明今天去卖报纸了，回家后高兴地向妈妈报告："我学会砍价了！"

妈妈很高兴，便问他是怎么砍价的。

小明回答："收报纸的说 5 毛一斤；我说太贵了，4 毛；他说，4 毛就 4 毛。"

3

老师："当遇到低位数不够减时，就要向高位数去借。"

小明举手问："老师，要是高位数不肯借，那怎么办呢？"

4

老师:"请大家想象一下,如果在一个有恐龙的世界里,有一条恐龙正准备要吃你,你该怎么办?"

小明回答:"马上停止想象。"

5

一般小孩打针时候都会连喊带哭"不要不要"、"救命"之类的,4岁的小明说的是:"放开我,你抓错人了!"

6

妈妈带4岁的小明出门,坐出租车。回家后,小明特骄傲地说:"妈妈,你猜我把你手机藏哪里了?"

妈妈笑问藏哪里了。

小明回答:"藏车上了!"

7

4岁的小明有一天突然问他哥哥小东:"要是有一天家里缺钱,爸爸会把你卖了,还是把我卖了?"他哥很自信地回答:"把你卖了!"

小明咧嘴一笑:"我就知道你不值钱……"

8

小明小小年纪竟然迷恋玩魔术。听到电视里魔术师总是说:"先洗牌,然后……"小明充满了好奇,拿着扑克牌就冲向了水龙头。

9

小明很聪明,每次考试家长签名,他都要在早上六点多,趁爸爸睡得迷糊的时候让签字。小明的理由是:晚上,爸爸很清醒,太危险了;早上,爸爸不怎么注意分数,即使看到了,也懒得起床打儿子!

10

小学时候,老师带领同学们念书,老师念什么,学生就念什么。

有一次,老师正带领学生念书,突然发现小明上课睡觉,就大喝一声:"江小明!"

结果,同学们也跟着念:"江小明!"

那阵势,把江小明一下子给震醒了!

11

小明渐渐长大,总是问他妈妈:"我是从哪里来的呀?"

他妈妈不堪其扰,就说:"你是我从商场买来的!"

小明不相信,疑惑地追问:"那你让我看看发票。"

12

小明和他哥哥小东居然在家翻到了一个旧盒子,里面竟然有 1000 块钱。当时，爸爸妈妈都在场。小明认为是爸爸或妈妈的私房钱，可是他们俩都不承认。

最后，小明和他哥哥小东每人分 500 块，高高兴兴地去买零食了。

他她轻喜剧

1

他：你说，我上辈子是修了多大的福啊，才能找到你
这么好的老婆！

她：不是你修的福，是我作孽了！

2

她：烦死了，别说了，滚吧！

他：怎么滚，横着滚，还是竖着滚？

她：3D滚！

3

他：离婚吧！房子、存款、汽车都归你，我净身出户！

她（把菜刀立在案板上）：

好，你先净身，就可以走。

4

他:老婆啊,你知道什么是制服诱惑吗,像空姐啊,护士啊……

她:城管算不算?

5

他:蚊子太多了,你的花露水也给我喷点吧?

她:你喷了,蚊子咬谁去?

6

她:今天你生日,就不用洗碗了。

他:太好了,老婆万岁!

她:留到明天再洗吧。

7

她(对着镜子哭诉):我又肥了!我又老了!我又丑了!——喂,你就不能哄哄我吗?

他:嗯,你的视力还不错。

8

她(给他打电话):我在 ATM 机取钱,密码忘记了,卡被吞了。怎么办啊?

他:你身份证带了没有?

她:带了。

他:用身份证就能取回来。

她(五分钟后):你骗人,我身份证也被吞了!

9

她:你给我滚。

他:滚就滚,老子再也不回了,回来就是孙子。

她:好。我把门反锁了。

他(一个小时后):奶奶,我回来了!

我是叫你来回滚

1

又到情人节了，我独自一人在街上逛。一中年妇女推销玫瑰花："先生，买花吧。"

"买花干什么？"

"买花送女朋友啊！"

"哦，买多少花才能送女朋友啊？"

那妇女默默地把花收了回去。

2

每次去食堂打饭，食堂窗口都会蹦出一个声音："要什么，同学？"

这时候，我心里总在说："要一个女同学，打包带走！"

3

和女朋友吵架，打电话准备道歉。电话响了很久，终于接通。

女："对不起……"

男："你终于知道错了。"

女："您拨打的电话正在通话中。"

4

和女朋友吵架。

女："你给我滚！"

男："好，我滚，你别叫我回来。"

男的走后，女孩哭了起来："我又没叫你直线滚，我是叫你来回滚……"

5

相亲之后，她对他很满意。他起身去买单，腿脚却一拐一拐的。怪不得他这么优秀，至今仍然单身。想到这里，她赶紧悄悄溜走了。

一年后，她偶遇他，他正牵着孩子的手散步，腿也不瘸。

她很惊讶："你的腿？"

"我的腿怎么了？"

于是她问起一年前的事。她终于知道，那天，他只是坐麻了。

6

他和她都是单亲。他跟他爸爸生活，她跟她妈妈生活。结婚后，他和她经常吵架，两位亲家总来劝架，一来二去,这两位亲家相互看上了,结婚了。

可是他和她终究还是离婚了,于是夫妻一下子变成了兄妹。

7

"你不是雇佣了一个女仆吗? 为什么自己还在这里洗衣服呢? "

"我已经跟她结婚了。"

8

婆婆来家视察,发现家里凌乱,于是狠狠数落了她一顿。她非常委屈,等婆婆走后,拿起手机给她妈妈打电话诉苦。哭诉了半天,对方没说一句话,最后来句:"我是你婆婆。以后你要看清电话号码。"

9

今天我陪一哥们儿的媳妇逛商场(别误会,我是女的,我和他媳妇也是好姐妹),这时候,这妹妹看中了一件衣服,一问,1500块。她于是给她老公打电话。只听电话那边传来温柔的声音:"买吧,你要是喜欢就买吧! "然后,电话那边问她:"跟你在一起的有谁呢? "当听说是我后,他请我接电话,说要问候一下。

这时候,我听到电话那边传来低沉的、颤抖的声音:"大姐呀,你帮我想想办法,拦住那个疯女人! 叫她别买这么贵的……"

小故事,大智慧

1

有一种鸟,能飞越太平洋,它需要的只是一小截树枝。

它把树枝衔在嘴里,若累了,就扔下树枝,飞到上面休息;若饿了,就站在树枝上抓小鱼吃;若困了,就在树枝上睡觉。

2

一卖鸡蛋的,把鸡蛋分成两堆,一堆稍大些,一堆稍小些,大个那堆 4 块钱一斤,小个那堆 5 块钱一斤。结果,人们都买小个那堆。大个那堆永远没人挑——那本来就是老板当"托"的鸡蛋。

3

能到达金字塔顶端的动物,一是老鹰,一是蜗牛。老鹰是因为它是"天空之王",而蜗牛,则因为它认准了自己的方向,坚持往上爬。

　　有一种鸟,能飞越太平洋,它需要的只是一小截树枝。

　　它把树枝衔在嘴里,若累了,就扔下树枝,飞到上面休息;若饿了,就站在树枝上抓小鱼吃;若困了,就在树枝上睡觉。

能到达金字塔顶端的动物，一是老鹰，一是蜗牛。老鹰是因为它是"天空之王"，而蜗牛，则因为它认准了自己的方向，坚持往上爬。

4

当一只杯子里装满茶水的时候，人们说"这是茶"；当杯子里装满牛奶的时候，人们说"这是牛奶"；只有当杯子空着的时候，人们才看到杯子，说"这是一只杯子"。

当我们心里装满仇恨、成见、财富、权力的时候，就很难是自己了。

请空出自己，看见自己，拥有自己。

5

乡下，一位卖瓷碗的货郎，挑着扁担在路上走，突然有个瓷碗掉地上摔破了。货郎头也不回继续前进。路人觉得好奇怪，就问他为什么不停下看一看。货郎回答："再怎么回头看，碗还是碎的。不如继续走。"

6

老和尚问小和尚："若要烧开水，生火到一半时，发现木柴不够，怎么办？"小和尚回答："赶紧去捡柴。"老和尚点拨他："为什么不把壶里的水倒掉一些呢？"

7

1938 年，世界钻石价格急剧下降，有家广告公司于1939 年做了一个广告，成功将钻石包装成结婚必备品。该广告语就是著名的"钻石恒久远，一颗永流传"。

老和尚问小和尚:"若要烧开水,生火到一半时,发现木柴不够,怎么办?"小和尚回答:"赶紧去捡柴。"老和尚点拨他:"为什么不把壶里的水倒掉一些呢?"

8

有人问乔布斯："你的智慧从哪里来？"

乔布斯答："来自精确的判断力。"

年轻人又问："精确的判断力从哪来？"

乔回答："来自经验的积累。"

年轻人再问："那你的经验又从哪里来？"

乔回答："来自无数错误的判断。"

我有一个梦想

1

我有一个梦想,什么时候,一张试卷上只有五道填空题:

学校:(　　)

科目:(　　)

班级:(　　)

姓名:(　　)

学号:(　　)

每空 20 分。

2

我有一个梦想,高考都这么多年了,是不是应该搞个周年庆,考 400 送 200,三本分数线 7 折,考二本送一本体验券。

3

今天我在笔记本电脑上实现了滑动解锁!

我电脑的开机解锁密码是:ASDFGHJKL;'，开机到输入密码时,刷的一下过去,最后一个键落到回车上,然后解锁,帅气得一塌糊涂。

4

今天我和一同事在大楼的楼顶上聊天,只见他拿着手机看着天空。我问他看什么。他说:"我在等飞机,等飞机经过我头上,我就可以用微信加空姐聊天了。"

5

我到鞋店去买鞋,看中了一双"阿迪"的,他开口五百二,我说打个折,他开到三百二。我说三百,他不肯。

正在僵持的时候,他说:"哥们儿,要不咱们石头剪子布,你赢了就三百,你输了就三百二。"

我同意了,结果悲剧了,我三百二给他了。

6

他有外遇的事终于被他老婆发现了,原因是,他老婆发现他们家车内的皮革脚垫上,高跟鞋的痕迹与她自己的不相符。女人天生都是福尔摩斯。

小明还没把笑话讲完

1

小时候，我隔壁家有个小孩，非常节约。每次看《西游记》，到广告时间，他就把电视关掉，让我们傻等五分钟后，他再把电视打开。

2

如果你家有小孩喜欢哭闹，不妨采取如下办法：先打开电视，再打开微波炉，再打开电脑，再轻轻拍小孩的背，一会儿小孩就睡着了。原因是，小孩最多只能同时关注两件事情，如果事情多了，他就只能睡觉了。

3

妈妈带四岁的小明坐地铁，小明睡着了。快到站的时候，妈妈叫小明快醒来。小明继续睡，叫不醒。妈妈突然说："小明你玩具没了。"

小明一下子就醒来了。

4

妈妈带小明去动物园玩。小明第一次看见河马。天太热，河马露出了头。小明惊呼："天啊，这么大的青蛙！"

5

"小东，你上课讲话，给我到教室外面罚站！"

小东的同桌小明这时候举手提问："老师，我也要和小明一起罚站。"

"你又没说话，干嘛要罚站？"

小明回答："老师，小明他还没把笑话讲完呢。"

6

小学五年级的时候，我后面两个同学在讨论各自的祖先是谁。小李说："我的祖先是李世民！"说完一脸的自豪。另一个同学小唐不服气地说："我的祖先，说出来吓死你！是唐太宗！"

7

有一回，老师让同学们把如下句子改成拟人句：

小鸟在树上叫个不停。

很多人都写"小鸟在歌唱"之类的标准答案。这时候，小明写了一句：

小鸟在树上叫个不停："我是人，我是人呀！"

手机铃声乐翻天

1

一哥们儿坐公交车,睡着了。这时候,他手机突然响了:"启奏皇上,有一刁民求见,是接了还是斩了?"

他一接电话就说:"主任啊,我马上就到,马上就到!"

2

有一哥们儿坐公交车,睡着了。这时候,他手机突然响了:"爷爷,你孙子给你来电话了!"

他接了电话:"爸,你找我有啥事?"

3

有一哥们儿,长得一表人才,文质彬彬。有一天在超市排队结账。前面是一性感美女,她的一块钱硬币掉地上了。他想提醒她,于是轻轻拍了一下她肩膀。

美女一回头。这时候,这哥们儿的手机响了,铃声是:"妞,给大爷笑一个!"

那美女怒了,啪啪给了他两耳光。

4

有一回在公交车上，我旁边坐着一位兵哥哥。这时候，我的手机响了，铃声是《义勇军进行曲》。

只见正打瞌睡的兵哥哥猛一下就站起来，立正，听国歌。

5

有一回在公交车上，一位七十多岁的老爷爷的手机响了，铃声竟然是那首《越长大越孤单》的歌。

叁 苦 · 快醒醒，工头喊你起来搬砖了

那些年，我们这些没人追的女孩/93

人生何处不尴尬/96

骗子太多，傻子不够用/99

包公很忙/101

死循环/108

我是一个没有内涵的吃货/114

丈母娘来了/118

生活中的废话/122

叫你天天写微博/124

唐僧为什么不艾特一下孙悟空/127

宅到深处自然萌/130

抠门是个艺术活/133

同甘共苦的宿舍兄弟们/136

理想和现实/139

快醒醒，工头喊你起来搬砖了/141

浅论占座位的办法/143

馊主意/147

眼睛小真好/150

那些年,我们这些没人追的女孩

1

女孩为什么没人追?不会说话。

有一次,她去同事家玩。同事的奶奶老是抱怨身体不如从前了,一天不如一天。她于是安慰老奶奶:"没事的,看您的身体,相信我,您能活到 90 岁!"

老奶奶一听,眼都绿了:"我还有一个月就 90 了!"

2

女孩为什么没人追?太过精明。

同样是女的,为什么女朋友好哄,丈母娘难哄?因为丈母娘已经上过一次当了。

可是,有的女孩明明没上过当,也精明得跟丈母娘一样。

3

女孩为什么没人追?没文化,真可怕。

某著名节目主持人在一次做节目时,所穿衣服上的英文竟然意为"荡妇",而她自己却浑然不知。

没文化,真可怕。

4

女孩为什么没人追? 名字没起好。

一女孩从师范毕业,到某中学实习,很怕作自我介绍,因为,因为……她姓苍,真的姓苍。

5

女孩为什么没人追? 太粗鲁。

在一个温柔的早晨,温柔的太阳温柔地升了起来,一个温柔的女孩温柔地睁开双眼,然后温柔地起身,温柔地走下床,温柔地走到窗边,用她温柔的双手温柔地打开了窗户,温柔地看着温柔的太阳,对着太阳温柔地说了句:"哎呀妈呀,这太阳贼 TMD 晒啊!"

6

女孩为什么没人追? 太胖了。

一女同学巨胖,300 斤。一日体检,医生看了她体型,说:"不用称了,自己写吧。"

那同学拿着笔犹豫半天,觉得写 150kg 不好看,一咬牙,写了个 0.15 吨。

7

女孩为什么没人追? 太抠门。

"姑娘,买点藕吧,今天可便宜呢! "

"这藕一斤少说也有半斤窟窿,还说便宜? "

人生何处不尴尬

1

有次我坐公交车，身上只有一块五毛钱，车票是两块。我想混过去就算了，准备投币。这时候，一只大手拦住了我："哥们儿，刚才我投了十块钱，得找八块，你那两块先给我吧！"

当时真是尴尬啊！

2

有一次，我在办公室玩一块小磁铁，被社长发现了。他伸手就过来拿，想没收。结果，只听"嗖"的一下，磁铁吸在了社长的大大的"金戒指"上面……

3

记得大学住宿舍的时候，有天晚上，宿舍的兄弟们想练习英语口语，一致决定，晚上夜聊一律用英语。

结果，这一夜，谁都没有开口……

4

有一次坐飞机,取行李时,看到一条警犬,搜到别人的一件行李。警官立即抓住行李的主人,盘问里面是不是违法物品。行李的主人说:"里面是狗粮……"

5

小李终于当上科长了,十个人的领导呢。科室第一次开会,有位员工不小心放了个响屁。小李一紧张,就机械地问那员工:"你说啥?"

6

在餐厅吃饭的时候,见对面竟然坐着一美女,小王缓缓掏出手机,开始说话,内容是做大生意、几百万、到塞班旅游什么的。就在这个时候,他手上的手机竟然来电话了,铃声是《月亮之上》……

7

雨过天晴,空气好清爽。全家走到户外散步,路过一片草地,忽闻一股淡淡的臭味。爸爸教育孩子们:"这是臭氧的味道。刚刚下雨才有的。你们要多吸一点儿。"于是孩子们使劲地做深呼吸,非常陶醉。

再往前走一段,全家发现草地边有一大坨大便。

8

有一回我骑电动车,刚发动,不到三秒,就连人带车一起摔倒。原来,我前轮的锁忘记打开。我只好默默地含泪爬起来。

9

老张去喝同事的喜酒。席间突然停电,老张担心别人偷吃,就建议大家拍手唱歌。

正在拍手时,电突然来了。大家一看,老张正在一手夹菜、一手打自己的脸。

10

有一回,我 QQ 被盗,想找回密码。当时我媳妇正在旁边看。

验证问题是:"你的初恋情人是谁?"

我连输入六个名字,竟然都不对……

11

话说那时读大学,一天晚上回宿舍,我想给他们一个"惊喜",于是一脚踹开宿舍门,把伞当机关枪,大喝一声:"不许动!"

结果,我发现我谁都不认识,原来,走错宿舍了。

骗子太多，傻子不够用

骗子太多，傻子不够用。

读书人太多，狐仙不够用。

书商太多，读者不够用。

公知太多，文青不够用。

情绪太多，表情不够用。

专家太多，患者不够用。

售货员太多，顾客不够用。

光棍太多，美女不够用。

美女太多，眼睛不够用。

汽车太多，道路不够用。

狼太多，羊不够用。

鲜花太多，牛粪不够用。

嚎头太多，世界纪录不够用。

包公很忙

1

在外破案时，包大人对展昭说："一会儿看我脸色行事。"

展昭心里直喊"坑爹"。

2

包大人最近迷上了电脑，问公孙策："公孙先生，我电脑怎么黑屏了？"

公孙策回答："你又用你的大头照当壁纸。"

3

"包大人，为什么你额头上有个月亮啊？"

"因为白天不懂爷的黑……"

4

王朝负伤，支撑着回到开封府。马汉赶紧搀扶他。这时，王朝只觉眼前一黑。

原来是包大人出现了。

5

白玉堂和展昭狭路相逢。白玉堂冷笑："你也是堂堂南侠，怎么就跟了这个狗官？"展昭劝他："你不懂，包大人是打着灯笼都找不着的好官！"

这时候，旁边闪出一黑影："胡说！我还没有黑到那个地步！"

6

开会的时候，包大人发言："咱们这个团队，非常融洽，以后，彼此就别称大人、先生了，那样太生分了。我提议，以后要用昵称，你们叫我老包好了。"

展昭立即响应："叫我老展！"

公孙策有点迟疑："那你们只好叫我老……老……"

7

在公堂上，包大人果然厉害，竟然将凶手作案的细节都说得清清楚楚。

凶手大惑不解："大人，当时可是月黑风高，一个人都没有啊。你怎么知道我作案的细节呢？"

包大人指了指自己的脸，说："你懂的！"

8

包公办案件，总会一边摸着额头那个月亮一边碎碎念……

有一天，张龙耳朵尖，听出了包大人说的话：

　　我代表月亮消灭你。

9

一日破案，包大人总是不得头绪，心情抑郁，见街边有一算命的，心想不妨听听。刚坐下，那算命的就说："我见你印堂发黑……"

白天不懂爷的黑

104

白玉堂和展昭狭路相逢。白玉堂冷笑:"你也是堂堂南侠,怎么就跟了这个狗官?"展昭劝他:"你不懂,包大人是打着灯笼都找不着的好官!"

这时候, 旁边闪出一黑影:"胡说!我还没有黑到那个地步!"

包公办案，总会一边摸着额头那个月亮一边碎碎念……

有一天，张龙耳朵尖，听出了包大人说的话：

我代表月亮消灭你。

死循环

1

从前有座山，山上有座庙，庙里有两个和尚，老和尚对小和尚说："从前有座山，山上有座庙，庙里有两个和尚，老和尚对小和尚说……"

2

我一生气就想买东西，一买东西就得花钱，一花钱钱就少，钱一少我就生气。

3

我一不高兴就吃，一吃就胖，一胖就不高兴。

4

星期一，老妈包了顿饺子，剩下了一点儿馅。周二，老妈和了点儿面，跟周一剩的馅一起包了顿饺子，这次多了点儿面。周三，老妈又去买了点儿馅，又包了顿饺子……

5

前天和媳妇一起吃了水煮牛肉,多了些牛肉。昨天我买了些大白菜,又吃了顿水煮牛肉,多了些白菜。今天,我去买牛肉……

6

一条美丽的长颈鹿,站在树边吃树叶。

跑过来第一只小白兔,站在了长颈鹿的面前;

跑过来第二只小白兔,站在了第一只小白兔的背上;

跑过来第三只小白兔,站在了第二只小白兔的背上;

跑过来第四只小白兔,站在了第三只小白兔的背上;

跑过来第五只小白兔,站在了第四只小白兔的背上;

……

跑过来第三十八只小白兔,站在了第三十七只小白兔的背上,

亲了它喜欢已久的长颈鹿。

(编者按:实在不想循环下去了,我们要相信爱。)

7

我在外打工,过年要回家。可是我身份证丢了,买不到火车票,于是我回不去了。可是要补办身份证,我必须回老家办。——这是第一次死循环。

我父亲托人找关系,补办了我的身份证。父亲快递给

我,收件人是我。可是,因为是特重要的加急件,取件需要身份证……于是,我第二次陷入死循环。

8

老头对下属说:下午把企业策划书拿给我看。

下属对老婆说:企划书丢家里了,你下午帮我把它送到公司来。

下属老婆对妹妹说:我怀孕不方便,你下午把企划书给你姐夫送去吧。

妹妹对家教学生说:今天下午不能去给你上课了。

家教学生对老头说:爷爷,今天下午你能陪我玩吗?

老头对下属说:企划书下午不用拿给我了。

下属对老婆说:企划书不用送了。

下属老婆对妹妹说:企划书不用送了。

妹妹对家教学生说:今天下午还是要上课。

家教学生对老头说:爷爷,今天下午没有空跟你玩了。

老头对下属说:下午我还是要看企划书。

一条美丽的长颈鹿，站在树边吃树叶。

跑过来第一只小白兔，站在了长颈鹿的面前；

跑过来第二只小白兔,站在了第一只小白兔的背上;

跑过来第三只小白兔,站在了第二只小白兔的背上;

跑过来第四只小白兔,站在了第三只小白兔的背上;

跑过来第五只小白兔,站在了第四只小白兔的背上;

......

112

跑过来第三十八只小白兔，站在了第三十七只小白兔的背上，
亲了它喜欢已久的长颈鹿。

我是一个没有内涵的吃货

1

小时候，有次电视上放怡口莲广告。我一边看，一边流出了大颗的口水。我爹在一边看不下去了，说："走，咱们去超市一趟。你别在这里丢人了。"

2

小学时候，有次放学，我爹来接我。我老远看到他了，就蹦跳着下楼，不料一脚踏空，从楼梯上滚了下去。

在我爹吃惊的目光中，我淡定地爬起来，拍拍灰，然后小心地打开书包，把书包里的橘子拿出来看，发现没坏，满意地再放回去，然后，"哇"的一声大哭……

3

放假后，吃饱了，睡足了，横向发展一个月……开学了，同学问：你是谁？

114

4

我躺床上,忘记自己是躺着的,然后喝水,把一杯水全都倒脸上了!

5

我吃豆腐,烫到喉咙痛……

在那绝望的瞬间,我想到那句古话:心急吃不了热豆腐。

6

有一天中午,我在食堂指着油炸鸡蛋说:"给我来一个炸蛋。"

食堂师傅惊得勺子都停在了半空中。

7

明知道吃芒果会过敏,但还是忍不住,于是咬了一口……就那么一口,让我左眼肿得睁不开了,然后,右眼勉强能睁开一条缝。现在我肠子都悔青了。

8

有一次吃冰棒,刚从冰箱里拿出来就舔,结果舌头被粘住了,又冰又痛,还扯不下来,后来我爹给我倒热水化开,最后舌头被粘掉了一层皮。当时是钻心的痛。

9

小时候我特爱吃饭，我妈常在旁边劝我："儿子，头抬起来，换口气！"

10

据说吃货是这样背诗的：

> 君问归期未有期，红烧茄子童子鸡。
> 一树梨花压海棠，干煸青椒熘肥肠。
> 曾经沧海难为水，鱼香肉丝配鸡腿。
> 相见时难别亦难，清蒸螃蟹莫放盐。
> 在天愿做比翼鸟，番茄牛肉包水饺。
> 问君能有几多愁，孜然铁板烧肥牛。
> 天若有情天亦老，猪大腰子老火烤。

11

有一回，我准备带女友去天津辽宁路小吃一条街吃东西。还在路上的时候，她的嘴一直在嚼着什么。我问她吃什么呢，她回答："想到马上就有吃的了，我先磨磨牙。"

12

对于吃货来说，下面的减肥广告，简洁明了。

前 〉 后

13

岁月不仅是把杀猪刀，有时候也是猪饲料，不知不觉就让人胖了。

丈母娘来了

1

一个成功男人的背后，一定有一个女人，她就是你的丈母娘，她不断地提醒你，你是一个失败的人。

2

我因为另一个女人而和我老婆离婚了。这个女人长得很丑，她是我的丈母娘。

3

一个人犯了重婚罪，被告上法庭。法官很同情他，说："放了他吧，有一个丈母娘就已经够遭罪了，他竟然有两个！"

4

我不到两年竟然换了四个丈母娘！不是我花心，是我老丈人太厉害！

每个成功男人身后一定有个丈母娘

不断提醒你：You are a loser!

男人是怎样炼成的

5

"小明，快去看，前面有一群女人正在殴打你丈母娘！"

"几个女人？"

"四个。你赶紧去帮忙啊！"

"不用,四个人足够了！"

6

同样是女的,为什么女朋友很好哄,丈母娘很难哄?

因为丈母娘已经上过一次当了。

7

一著名的教授说，现在生儿子没有用啊。有一年过年,他打电话给大儿子:"你在哪里啊？"大儿子回答:"在丈母娘家。"又打电话给小儿子问:"你在哪里?"小儿子回答:"在丈母娘家。"

这时候小儿子反问:"老爸你在哪里啊？"教授回答:"我也在丈母娘家。"

8

有个病人被告知只有三个月的生命了，他决定搬到丈母娘家住。理由是,他和丈母娘在一起的日子,度日如年,度月如一生一世。

9

据说房价之所以高，"全是丈母娘惹的祸"。因为，近来适龄青年要结婚的多，而买房子基本都是男方的任务，在丈母娘一再催促下，这些赶婚的男人们，便只好砸锅卖铁购房，也就推涨了房价。

生活中的废话

在吗？

起床了？

上厕所啊？

爸爸回来了？

吸烟有害健康！

别动我要开枪了！

今天真是个好天气！

你想听真话还是假话？

下面，我就简单讲两句。

产品仅供室内或室外使用。

有句话我不知道该说不该说？

天不刮风天不下雨天上有太阳！

菜炒了没，如果还没炒就不要了！

从前，有个人去京城赶考，给老婆写信，信写了二十多页，其中一段是这样的：

　　此次来京，归期未定。不在初一就在初二，不在初三就在初四，不在初五就在初六……不在二十八就在二十九，为嘛不写三十，恐有月大月小之分。此次来京，忘却一事，心下惦记，床下有棉鞋一双，若遇天晴之日，拿出来晒晒，拍拍打打，打打拍拍，以备天寒之用。此次来京，如若考中，我妻改为夫人，大小子改为大公子，二小子改为二公子，三小子改为三公子，大妹改为大小姐，二妹改为二小姐，依此类推。此次来京，如若不中，我妻仍为我妻，大小子仍为大小子，二小子仍为二小子，三小子仍为三小子，大妹仍为大妹，二妹仍为二妹，余不繁赘。此次来京，有一事放心不下，二妹英子容貌尚好，邻居李大发早有不良之意，要嘱咐二妹平时少在门口张望，千千万万，万万千千，切记切记。往日写信啰唆，今日再啰唆，啰啰唆唆啰唆啰唆实在烦人……

叫你天天写微博

1

洪七公手臂内弯，右掌划圆，"呼"的一声推出，只见一棵松树应声折断。郭靖大吃一惊，七公正色道："这招叫'亢龙有悔'。"

说完，他跃起半空，一掌凌空劈下，"靖儿，这招唤作'飞龙在天'。"

落地后，他扭胯蹬地，踏起一片烟尘，仿佛策马奔驰原野。

郭靖一声惊叹："这招又叫什么？"

七公笑道："江南 style！"

2

欧阳锋派欧阳克赶着毒蛇来到中土。一周后，欧阳克哭着回到白驼山。欧阳锋惊问："蛇呢？"

欧阳克沮丧地回答："都被吃了，偶以后再也不去广东了！"

3

黄药师选婿,让郭靖和欧阳克各写一篇散文。郭靖绞尽脑汁写足一千字,满头大汗。欧阳克信手拈来,两分钟内写成一百四十字,字体漂亮,内容简约,意味深长。

不料郭靖最终获胜。

欧阳锋非常生气,一耳光甩在欧阳克脸上:"叫你天天写微博!"

4

每当快要考试的时候,我总会想起张无忌和张三丰的经典对白。

"无忌,我教你的还记得多少?"

"回太师父,我记得一大半。"

"那,现在呢?"

"已经剩下一小半了。"

"那,现在呢?"

"我已经把所有的全忘记了!"

"好,你可以上了。"

5

"无忌,看好了,这招叫'仙人指路'!"

说罢,张三丰下蹲侧屈腿,左手指握剑,将剑背在身后,右手食指和中指往右一指,大喝一声:"走你!"

6

张无忌夜上华山开明教大会，留赵敏一个人在房里。周芷若探得消息后，前往欲暗杀之，却发现房内空无一人，遂悻悻而归。事后，赵敏后怕地说："幸好我睡到半夜，想起今天的菜还没偷，去隔壁家偷菜去了……"

7

杨过和小龙女在一家客栈偶遇金轮法王。一场激战开始了。那法王端是了得，小龙女、杨过二人联手，竟然渐渐不占上风。

就在这危急时刻，小龙女冷冷地对杨过说："过儿，你忘记明天周一，就要上班了么？"

杨过一听，顿时失魂落魄，使出一记黯然销魂掌，竟将那法王一下击倒在地，爬不起来。

唐僧为什么不艾特一下孙悟空

1

"二师兄,大师兄一定会来救咱们的。"

"沙僧你别废话。师父,你还是念紧箍咒,艾特一下大师兄吧!"

2

悟空追赶妖精白骨精,喝道:"妖怪!哪里走!"

白骨精转了个身,一扭腰道:"偶奏似不告诉你!"

3

又是一个清爽的早晨,唐僧伸伸懒腰,只觉心旷神怡,却发现悟空跪在床前,满眼通红。

唐僧赶紧扶起爱徒,惊呼怎么了。

悟空泪流满面道:"师父,您下次说梦话,不要念紧箍咒了,好吗?"

4

悟空好不容易逮着了妖怪金毛犼,正欲一棍打死。这时候,天空飘来一朵祥云,观音来了。观音告诉悟空,那妖怪金毛犼是她的坐骑。

悟空只好愤愤不平地放走了妖怪。八戒安慰大师兄:"人家是领导的司机,也算是公务员呢。"

5

又到中秋节,八戒闷闷不乐,对着月亮痴痴发呆。悟空知道他的心事,就劝慰他:"呆子!中国发射的只是一颗卫星,还没派人登月,你吃什么醋啊!"

6

经过九九八十一难,唐僧师徒终于回来了。不料李世民非常冷淡,端坐在电脑前玩游戏,不怎理睬。唐僧问:"大哥,我们经历这么多苦难,取来这么多经文,你咋还不高兴呢?是嫌我们差旅费太高吗?"

李世民回答:"你那些经文,我用迅雷只花了五分钟就全下好了。早知如此,我当初派你去干什么呢?"

7

一干小妖怪抓住唐僧,兴冲冲地送给大王。大王一看,冷冷地说:"送回去吧。报纸上说了,唐僧肉里含有三聚氰胺。"

8

唐僧师徒经过一贫困山区。唐僧饿了，派徒弟去化斋。悟空负责保护师父，八戒、沙僧去找吃的。第一天，二人两手空空回来；第二天，依旧是两手空空，悟空大怒："再找不到吃的，你们俩就别回来！"第三天傍晚，沙僧背了一袋米回来。悟空又喜又忧，问"八戒呢？"沙僧哭了："原谅我吧，咱们这些人，就二师兄能卖到十八块一斤！"

9

唐僧为什么非得去西天取真经啊？因为，国内的都是盗版的！

宅到深处自然萌

1

寒冬的早上,一哥们儿站在楼道口,穿着大裤衩和拖鞋,看着满地的积雪,惊讶地说:"晕,什么时候冬天了?"

2

宅若久时天然呆,呆到深处自然萌。

3

一对夫妻很宅。宅了很多天之后,他们终于走出家门,到餐厅里吃饭。吃第一口饭的时候,女的说:"哎呀,还是人间的饭菜好吃啊!"

4

只要一停电,宅男就会退化成山顶洞人。

5

宅男都有霍金的范儿:每天窝在椅子上或床上,歪着脖子，目光呆滞地望着电脑，偶尔用几下手指。

6

我这辈子还没见过比诸葛亮更牛的宅男。

7

萨达姆在地窖里被拖出来绞死，本·拉登在卧室被打死拖出来，卡扎菲在下水道里被拖出来打死。

这充分说明，宅男一般都死得很惨。诸君要谨慎啊！

8

尊敬的宅男：您此次起床共用了 13 分钟，已击败全国 10% 的学生；寝室还有一位同学起床失败，正在重起；隔壁宿舍全部死机！

9

上晚自习，一平时很宅的同学在最后一排睡觉。突然他醒了，揉着惺忪的眼睛，起身然后把灯关了，接着继续睡觉。教室的人都看傻了。

10

今天天气很好，宅男在房间里宅久了，准备去客厅里散散心。

11

宅男肚子饿了，想吃方便面，又怕上火，想了半天，终于想到了一很脑残的招儿：把板蓝根倒进方便面里煮着吃。

抠门是个艺术活

1

小明对爸爸说:"爸爸，老师明天带我们去动物园看蟒蛇,你能给我一些零用钱吗？"

爸爸回答:"不要花那个冤枉钱,你拿我的放大镜到外面看蚯蚓就可以了！"

2

听说一家新开的自助餐餐馆开业,50元一个人,1米以下的儿童免费,一很抠门又有爱心的幼儿园老师,带着她的学生一行50人,浩浩荡荡地进了餐馆。

3

我们宿舍有个人挺抠门的，平时从不与人分享好东西。有一天,他却将珍藏的很多饼干拿出来分给大家吃。晚上11点多,正是饿的时候,大家赶紧拿起来就吃。

这时候,他说:"快吃,到12点,这些东西就全过期了。"

4

小明去拉面馆吃面。服务员问他要大碗还是小碗。他舍不得花钱,就要了小碗的。服务员正要走,他提醒道:"麻烦你用大碗装,好吗?"服务员点点头。小明又提醒:"汤要多放一点哦。"服务员同意了,正准备走,小明非常诚恳地说:"可别让面条稀了哦。"

5

小东过生日的时候,小明去祝贺,带了一个鸡蛋。一进门,小明就说:"老哥生日,我特地带来一只肥鸡,只是还嫩了点儿。"

过几个月后,小明过生日,小东砍了棵竹子去祝贺,一进门,小东就说:"老弟生日,我特地准备了些竹笋,只是老了点儿!"

6

有个人很抠门,什么都舍不得吃。他儿子就想了个办法,去市场买了条鱼,放在这个人回家的路上。吝啬鬼以为是捡的,就拿回去跟全家吃了一顿鱼。

过了一周,他儿子如法炮制,又在路上放了一条鱼。这一次,吝啬鬼不捡了,说:"上回捡的鱼,费了我二两油,我还捡?"

7

抠门精不小心从六楼掉下来，在下落过程中经过他家二楼的厨房窗口，他大喊道："老婆，今晚不要煮我的晚饭了！"

8

吝啬鬼有天早上醒来，发现妻子已经死了，起初他吓坏了，很快，他就镇静下来，大喊他家女仆："英子，英子，今天早上少煮一个鸡蛋！"

同甘共苦的宿舍兄弟们

1

在宿舍穿"人字拖",最大的悲剧是:被人踩了一脚,"人"字还在,拖没了……

2

晚上我脱袜子睡觉,口? 袜子上以前是三个洞,现在怎么变成了两个?

室友老大答曰:"一个破产后,被另一个兼并了。"

3

宿舍的床太小,而我个子有点大,因此,睡觉只能睡对角线。学了十二年的数学,终于派上用场了。

4

宿舍里有台很旧的黑白电视机。每次看电视,我们都苦于没有遥控器。后来老四自制了一个遥控器——他找了根长竹竿。

5

宿舍的电脑老是开不了机,大家都在着急。我路过,手端着冲好的板蓝根,一不小心洒了,正好浇在主机上。大家赶紧擦干,吹风扇……这时候奇迹出现了,屏幕亮了! 祖国的医药真神奇!

6

老六总是向我借东西。有一次,他又来借,很诚恳地说:"老是从你这里借东西,怪不好意思的。"我准备回复说没关系的时候,他接着说:"不如放在我那里算了。"

7

老三中午在外吃饭,我让他给带一份饭菜上来。我们宿舍在六楼,对我们这些宅男来说,下趟楼挺累的。一刻钟后,老三给我打来电话:"在电梯里,快去拿! "

我飞速跑向电梯门口,电梯门正好开了,一看,里面没人,只有一份盒饭静静躺在电梯里。

8

老五的袜子穿得太久了,脚趾头那地方都破了,脚趾头露了出来。老三笑他:"好有个性的护腕,在哪买的? "

9

宿舍后面是一片农田，农民伯伯种了很多蚕豆。有一次，我们去偷蚕豆吃，被农民伯伯发现了，提着锄头就来追。老二太胖，跑不动，落在后面，很悲壮地对我们说："你们快跑，不要管我！"只见他一转身，"扑"地一下跪倒在地，两眼含泪："我投降！请优待俘虏。"

10

老大年纪并不大，只比我们大一岁，可是，他长得一脸沧桑，像是 40 多岁的农民伯伯。

有一回去买火车票，他拿出学生证准备买半票。售票员嘲笑他："呦！您都多大岁数了？还好意思买学生票呀？"

理想和现实

1

一小学同学在我的笔记本里留言道:"我长大以后,想成为一名职业杀手。"

现在,他以杀猪为生。

2

初中时候,我一同学在我的笔记本里留言道:"我以后想要做自己喜欢做的事,整天坐着汽车兜风,口袋里满满都是钱。"

后来,她成为一位公交车售票员。

3

高中时候,我一同学在我的笔记本里留言道:"以后我要到一家公司工作,这家公司必须是世界 500 强,还要给我配车。"

现在,他给肯德基送外卖。

4

我小时候的发小,他的理想是长大当警察叔叔。

现在我问他理想实现了没有。

他回答:"实现了一半,现在是叔叔。"

5

我妹妹小时候有个梦想,想要做猫。我很奇怪。她告诉我,猫永远被人呵护,而且还有九条命。

6

我弟弟小时候有个梦想,长大要当飞行员。他指着天上的云,豪迈地告诉我:"我要上天去吃那些棉花糖。"

7

理想是:睡觉睡到自然醒,数钱数到手抽筋。

现实是:数钱数到自然醒——做梦了,睡觉睡到手抽筋——生病了。

8

一朋友读书时候的理想,是"读万卷书,行万里路"。

现在,他当了顺丰快递员。

快醒醒，
工头喊你起来搬砖了

1

他龙袍加身,富可敌国,权倾一方,俯瞰众生,高高在上,指天笑骂,挥金如土,妻妾成群,文武双全,风流倜傥。他终于醒了,要开始搬砖去了。

2

我找了八百个贴吧,九万张帖子,终于找到你这个二货了,原来你在这里看笑话!工头叫我告诉你,明天有十车砖要卸,再不来,工头就要扣你工资了!

3

明天周一了,口丝们今天早点睡,明天该搬砖的搬砖,该扛沙的扛沙。

4

今天,工头给我下达了任务:搬 800 块砖。天哪!搬 800 块,得搬到什么时候啊?

但是想一想,搬 1 块砖可以得到 1 毛钱,800 块砖就有 80 块钱了。噢耶!这样下去,很快我就可以买到二手奥拓了。我赶紧搬砖去。

5

阿狗你今天就别搬砖了,俺媳妇从村里打来电话告诉你,你媳妇怀孕九个月了,你就要当爹了,还不回家看看?

6

铁蛋你还在这里发微博!赶紧搬砖去,东村的杨寡妇问你什么时候赚到钱娶她,到年底还没钱的话,她就要嫁给西村的张拐子了。

7

想到明天就可以搬砖赚钱了,我激动得一晚上失眠。一大早到工地一看,没有人,才知道今天星期天!我要搬砖!我要挣钱!我要成为搬砖里面的高富帅!

8

铁蛋和阿狗搬砖,两人一次共搬 13 块。铁蛋搬了 5 次,阿狗搬了 6 次,正好把 72 块砖搬完,请问,两人每次各搬多少块砖?

浅论占座位的办法

　　人和座位,从来都不是一一对应的,从来都是人多座位少,因此,座位成为稀缺资源。无论是在公交车上,在图书馆里,还是在学校的自习室,占座位就会成为不折不扣的"占争"。

　　下面为各位讲一些真实的故事,但愿大家可以从中学到有用的招数。

　　1
　　一般来说,大学生总喜欢拿着作业本什么的去占座位。但有时候,会遇到风险。

　　武汉理工大学某学生,在自习室放了本刚买的《考研完形填空模拟试题》占座,没想到,等他再去自习室时,这本习题册内的试题,竟然被做了一大半。

　　这位"无名高人",将模拟试题100多页的卷子做了60多页,他用黑色的笔做,用红色的笔批改,而且还有许多讲解的部分和勾画的痕迹。

　　这就是传说中的"学霸"吧。

2

彪悍一点的同学，会用一块砖头占座；优雅一点的，是在座位上放一盆有刺的仙人掌，那别人心里就明白了；恐怖一点的同学，会拿一件衣服披在椅子上，制造一位假人吓人；会卖萌的女生，则干脆将一作业本放在课桌上，上面写一纸条："亲，请上完课后，把该作业本放桌上，帮我占个座！"瞧她对人多信任啊。

3

有一回我去自习，没占到座位，就到各个教室去找，没想到，总是碰见同一个同学，她也在找座位。第四次碰到的时候，她惊呼道："你怎么到处都是啊！"

4

更灵异的是，每当我看到有空座位，很高兴地要去占的时候，旁边总有人提醒我："这里有人！"

5

有一回我赶早占了个座位，准备第二天来坐。等第二天来的时候，发现赫然有人竟然抢了我的宝座。我一怒之下，气冲冲穿过整间教室走到他面前说："这是我占的座位！"

那人抬起头，很困惑地看着我，说："可我们在考试呀！"

我大窘,顿时落荒而逃。

6

有一回和女朋友坐地铁,她要跟我玩"信任游戏":我闭眼,她领我走路。

我们顺利上了地铁,然后她扶我坐下,低声道:"继续闭眼,别睁开。这个座位是别人让的。"

7

有一回坐火车,人很多,连等车的座位都没有了。我和女朋友一起等了半个小时后,腿都站酸了。这时候,我大喝一声:"检票了!"

那帮人开始拎起包裹去排队,座位都空下来了。

接着,我淡定地对女朋友说:"坐。"

8

有一回在自习室占不到座位,我有点生气了,于是想了个妙招。我假装急匆匆地跑到一间教室,拿起粉笔在黑板上写上一行字:"今晚7点考数学!"

果然,那些占了座的同学纷纷都离开教室了。

我暗自得意,选了个最舒服、最安静的座位坐下了。

没想到,这时候,一位戴眼镜的老师来了,通知今天晚上考数学!

9

据说有一妙招,可以帮你占到座位。你找一有女同学的座位,然后递上事先准备好的纸条,上面写:"同学,我暗暗观察你很久了,可以和你交往吗?"

如果女同学马上收拾书包走人,恭喜你,成功占到座位了;

如果女同学没有收拾书包走人,而是微微一笑,那么恭喜你,还上什么自习啊!

馊主意

馊问题 No.1:怎么证明你还年轻?

馊主意:

1. 新闻联播说的,都对!

2. 我可以吃根"雪人"吗?

3. 我头上没有一根白头发。

4. 我脸上有青春痘。

5. 我现在非常穷,算吗?

6. 我马上就要参加高考了,别来烦我!

馊问题 No.2: 怎样第一次约会,就可以吻到女孩? 而且不被打。

馊主意:

1. 为了不被打,请你左手握住她的右手,右手牵着她的左手,然后,吻。

2. 当你直觉女孩对你有点意思后,悄悄对她说:"跟你说个悄悄话啊……"然后,轻吻。

馊问题 No.3:女友说我不够爱她,请问该怎么接这个话茬,才能转危为安,让她破涕为笑呢?

馊主意:

1. 唱歌!"爱你不是两三天……"

2. 正因为我爱得不够,所以,咱俩要继续在一起,直到你觉得有足够的爱!

馊问题 No.4: 我实在太瘦了!风一吹就倒,怎样能让我快速增肥呢?

馊主意:

1. 找到一个马蜂窝,先左手伸进去;五分钟后,右手伸进去;再五分钟后,脱鞋脱袜子,左脚伸进去;再耐心等五分钟,脱鞋脱袜子,右脚伸进去。你仅需要二十分钟时间,就增肥了!还免费!

2. 夏天穿羽绒服,很有增肥的感觉哦。

馊问题 No.5: 有人在高谈阔论,极尽得瑟,怎样才能让他闭嘴?

馊主意:

1. 大声在他旁边说:"你裤子裂开了!"然后,赶紧走掉。

2. 不停地吃黄豆,多吃点,憋足了,然后在他旁边徘徊。

3. 录一段周星星在《九品芝麻官》里骂人的对

白,用山寨手机播放。

馊问题 No.6:总是受老婆气,怎么报仇?

馊主意:

据说网上有个馊主意,当你想对你老婆报仇时,可以趁她睡着的时候,扇她几个耳光,等她惊醒,赶紧抱着她说:"宝宝哇,你做噩梦了吧,别害怕,还有我呢。"

我如法炮制,正抱着的时候,老婆愤怒地说:"你有病啊,我刚才没睡着。"

馊问题 No.7: 我是狮子座的,大学快毕业了,各位觉得我适合什么工作?

馊主意:

1. 去动物园,收门票。

2. 在门口拿着一只球,趴着。

3. 元宵节舞狮子。

眼睛小真好

眼睛小真好,上课睡觉都不会被老师发现!

眼睛小真好,偷看美女都不会被发现!

眼睛小真好,用眼药水都比较节省!

眼睛小真好,考试作弊,老师都看不见!

眼睛小真好,开会瞌睡,领导认为你在沉思!

眼睛小真好,聚光!

眼睛小真好,不会被人说"眼大无神"!

眼睛小真好,不会被人说"见钱眼开"!

眼睛小真好,风沙都吹不进!

肆 **辣** ·如果世上每个人捐给我一分钱

别说你没想过/153

神 器/157

神一样的诺基亚/163

急 智/168

小学题，你会做吗？/172

伏尔泰是福尔康的弟弟吗/176

你应该是牧羊座/179

中国式英语/183

我想唱歌我就唱/186

英语对联/189

一只影响人类历史的苹果/191

人人都是哲学家/194

好厉害的老板/196

QQ/199

暴强回复/202

二十个字的笑话/206

蔫坏/217

没文化，真可怕/221

骑着单车追夕阳/223

故事新编/226

别说你没想过

别说下面这些你没想过，我就是要说到你心坎上去。

1

如果 13 亿中国人，每人给我捐 1 分钱……

2

玩斗地主的时候，如果没有抢到地主，总要想一下，如果那三张牌给我，会怎样。

3

每个打篮球的男生，都希望旁边有个女生，站在球场边为他加油，为他呐喊。

4

有一句话，写出来，你不会读，而只会唱：妹妹你坐船头，哥哥我在岸上走……

5

为嘛所有国内视频网站,不管网速多慢,不管视频多卡,广告从来都不卡……真神奇!

6

大禹治水十三年,三过家门却不入。这期间,他媳妇为他生了个儿子,叫启。历史书上都这么说的,可我总觉得哪里怪怪的。

7

历史老师跟我们讲:"梁启超 17 岁娶妻后,曾以为,岁月就这么平静地过去了,直到他遇见了康有为。"
我总觉得哪里怪怪的。

8

突然想到一个很严肃的学术性问题:是谁把 60 分定为及格的?

9

伏尔泰是福尔康的弟弟么?

10

小伙子,我吃的盐比你吃的饭还多!
哦。你脑子没问题吧?

11

从淘宝上给侄子买了一套玩具汽车,到手后试了试,不想送给他了。

12

柴可夫斯基是不是契诃夫的司机?

13

每当婚礼上,主持人问新郎:"你愿意娶她为妻吗?"我在想,这不是废话吗?若不愿意,花那么多钱、操那么多心搞这个婚礼干什么呀?

14

穿鞋的时候会很认真地系鞋带,而脱鞋的时候绝不解鞋带,也不会用手把鞋拿下来,直接左脚踩右脚,然后右脚踩左脚,用力地把鞋踩下来。说的是你吗?

15

如果给我 100 万……

以前,我会想到捐 10 万给希望工程,拿 10 万全球旅游,拿 50 万孝敬父母,剩下的钱买套房子。

现在,我会想到再借点钱把首付给交了,然后慢慢还房贷。

16

小时候,我总把矿泉水倒在瓶盖子里喝,就像电视里的侠客喝酒一样。

神 器

1

物理课上有一神器,外形可忽略,体积可为零,可飞天遁水,可飞驰电掣,可带电,可光速行进,可突破万有引力,可穿山越岭,它折磨了几代莘莘学子,它就是传说中的——小滑块!

2

化学课上有一神器,不溶于酸,不溶于碱,不溶于盐,不溶于有机物。它水火不入,百毒不侵,无论是在喷灯上加热,还是通上高压电猛击,都毫发无损,它的名字叫:杂质。

3

据新闻说,有一神器 iPhone4S 挡住了劫匪的子弹,救了主人一命。

又据新闻说,有一大神器 Nokia 手机,不仅挡住了子弹,还把子弹弹回去,把坏人吓跑了。

而最离奇的新闻说，有一超级神器山寨机，不仅反弹，还会自动报警，期间一直播放"凤凰传奇"的歌，坏人只好束手就擒。

4

据说，让男人感兴趣的六大神器分别是：1.豹纹。2.短裙。3.丝袜。4.长靴。5.钢管。6.诱惑的眼神。唯一符合这个条件的只有一个：孙悟空。

据说，让女人感兴趣的五大神器分别是：1.身价高。2.霸气。3.有安全感。4.能保护你。5.对你专一。唯一符合这个条件的只有一个：藏獒。

5

中国古代有一件治国神器：黄历。如果要人口增长，就多写"宜房事"；如果要强拆让百姓不怒，就多写"宜动土"；如果不想他们上街闹事，就多写"忌出行"。

6

据说，别人家的小孩、有关部门、某境外势力，都是神器。请联想，不评论。

逛超市神器

逛超市的时候,贴上这个,会不会有赠品呢?

友情提醒:笑笑就可以了,请谨慎使用!

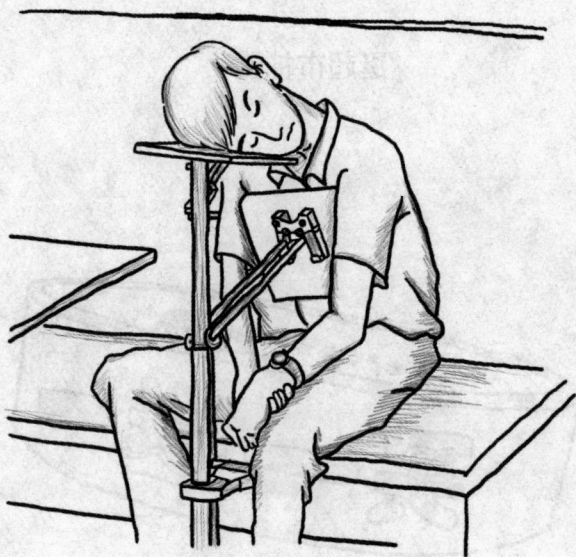

春运神器

春运时候,大家坐硬座都受苦了!不过有了春运神器,你就再不用发愁了!

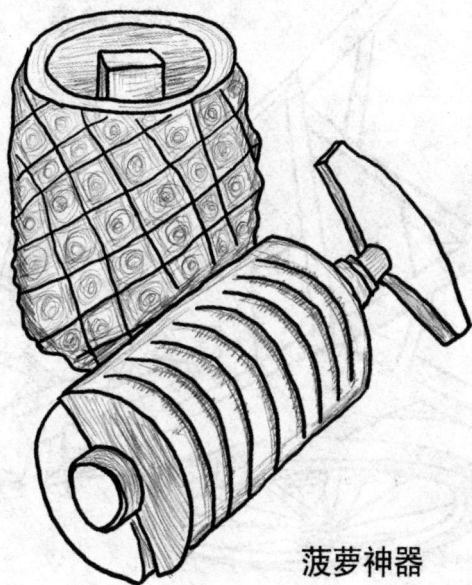

菠萝神器

　　菠萝虽然好吃，无奈太难剥，有了这个神器，你就再不用发
愁了！

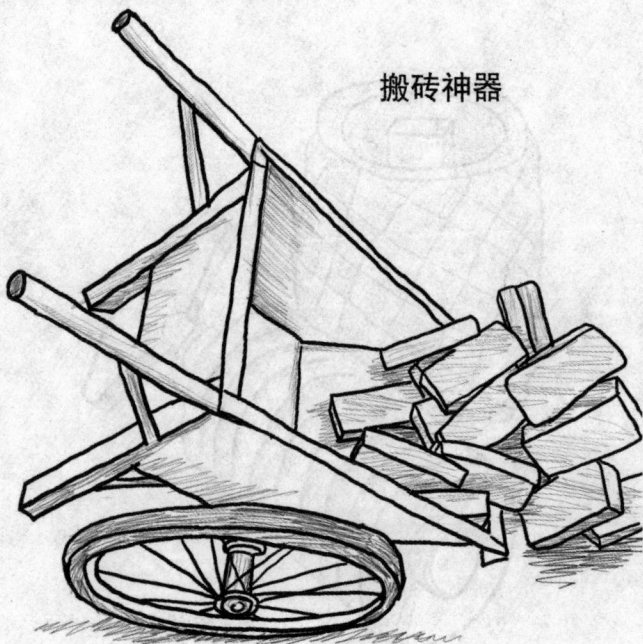

搬砖神器

　　我找了八百个贴吧,九万张贴子,终于找到你这个二货了,原来你在这里看笑话!工头叫我告诉你,明天有十车砖要卸,再不来,工头就要扣你工资了!

神一样的诺基亚

1

办公室里，主任递给我 10 块钱，轻声说："给手机买个套吧。"

我看着六年前买的诺基亚手机，礼貌地谢绝了他："主任，我手机破，没必要！"

主任叹了口气，把钱强塞给我："求你去买吧，咱们屋的地板有必要！"

2

公园里，一小男孩走到一老奶奶跟前，问："老奶奶，您的牙还行吗？"

"不行了，都掉了！"

小男孩于是拿出一大包核桃，请求老奶奶："请你帮我拿一会儿，我去踢球。"

小孩刚走，老奶奶戴上假牙，从口袋里拿出诺基亚手机，去砸核桃，并自言自语道："小家伙，这还想难倒我！"

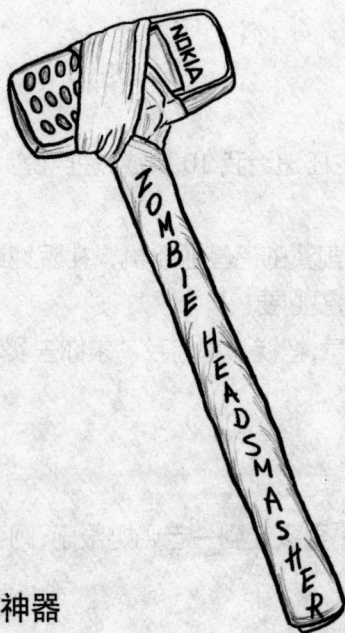

木工神器

据说这是史上最坚硬的铁锤。

砸核桃神器

公园里，一小男孩走到一老奶奶跟前，问："老奶奶，您的牙还行吗？"

"不行了，都掉了！"

小男孩于是拿出一大包核桃，请求老奶奶："请你帮我拿一会儿，我去踢球。"

小孩刚走，老奶奶戴上假牙，从口袋里拿出诺基亚手机，自言自语道："小家伙，这还想难倒我！"

3

"老婆，你把钥匙从六楼给我扔下来！我打不开车了……"

"好的。"

"你在钥匙上绑个东西，不然我找不到。"

"好的。"

一会儿，只见一坨黑乎乎的东西砸下来,在地上砸出一个坑。

"我把钥匙丢下来了,要是找不到,你就打电话！"

绑着的是诺基亚手机!

4

酒席上。

小王:"我的车就是结实,出门连撞五辆车,一点事儿都没有！"

小李:"你那是推土机。"

小张:"小王啊,你可以考虑装保险杠,绑一圈诺基亚。"

5

天黑了,一群迷路的旅客需要光线照明。大家举着手机找路。三个小时后,有人的手机没电了,他们是 iPhone 用户;又过了一个小时,有人惆怅地叹了一口气，手机没电了，他们是 Android 用户，他们的第二块电池也用完了；又过了一个小时，诺基亚用户依然举着手机，骄傲地照明；大家快要走出黑暗的森林了，可是诺基亚手机也支撑不住了，人们陷入无边的黑暗和恐慌之中，这时候，只听传来震耳欲聋的《爱情买卖》，一大哥举着和探照灯一样的东西将前路照得通明，他们就是传说中的山寨机用户！

急 智

1

一兄弟婚后被老婆管得严,工资卡必须上交,奖金必须上交,平时手头没有多少零花钱。有一天,穷急了,他去商店买了一张婚礼请柬,然后在被邀请人写上自己的名字,回家申请礼金。

2

读大学的时候,宿舍楼里有一位兄弟,非常聪明。每天早上,他用宿舍一楼的公共电源煮一电饭锅的卤鸡蛋。等到晚上八九点的时候,他抱着一锅卤鸡蛋在楼道里转悠,生意好极了。

要知道,晚上八九点,那是最饥肠辘辘的时候啊!

3

高数老师总喜欢提一些非常刁难的问题,这不,他又来了:"请中间第三排那位戴眼镜的男生站起来回答问题。"

于是大家的目光齐刷刷地转向那位文质彬彬的"眼镜男生"。

只见他在众目睽睽之下，淡定地摘下眼镜，然后稳坐如泰山。

4

在一家时装店，一个等得不耐烦的青年人对一个漂亮女孩说："你介意和我说几句话吗？"女孩好奇地问："为什么？""我妻子进这个店已经一个多小时了，但如果她看见我和你说话，她会马上出来的……"没等他说完，他妻子已快步走出时装店，挽着他离开了。

5

一少女早恋，她父母不同意。有一天，她带男朋友回家，因为天太热就买了两个西瓜。他们俩一前一后，男的拎着西瓜在后面。当进门的时候，他们发现她爸爸妈妈都在家。

这时候，男朋友对女孩说："大姐，以后你买两个西瓜，俺就不给送了，楼高不好爬。"放下西瓜，他就走了。

她妈妈说："现在卖西瓜的也这么帅了。"

6

美术班有门课是插花。期末考试的时候，老师提前三天通知学生，考试时要当场制作一件作品，并取个名字，老师当场给分。

很多同学到花鸟市场买了一堆花花草草，费尽心思琢磨怎么创作一件完美的作品。

有个同学平时不怎么上课，考试前也没做准备。考试那天，他跑到教室外捡了一堆枯枝败叶，摆了个造型，然后在最底下插了一根青草。

老师问这件作品的名字，他说："绝处逢生。"

最后，这件作品获得了最高分。

7

小明上课玩手机，被年级主任发现了，手机被没收。看着主任往外走，小明心里不甘心，上前从主任手里抢了回来，然后往外跑。主任就在后面追。

这时候，小明"啪"的一下摔倒了，手机也掉在地上，摔得挺碎的。

主任只好恨恨地说："这事就算了。"

等主任走远了，小明把碎手机捡起来，一边拼一边感叹道："幸亏我跑的时候拆得快。"

8

列车上一男的独处一软卧室，这时候，一女的推门进来，敞胸、抓乱头发，威胁道："给我 1000 块钱，否则我就喊，说你调戏我。"

那男人一愣，然后从包里拿出纸和笔，写道："我是聋哑人,您要做什么?"

那女的于是拿笔把刚才说的话又写了一遍。

男人收好纸条,然后打开房门,微笑着说:"你可以出去了。"

小学题，你会做吗?

1

题:请用"菠"组词。例:菠菜。

孩子写了一个"菠萝",然后让我再组一个词。

我琢磨了一个小时,发现我语文白学了。

2

请根据下面的算法,写一成语。

(1)脚 – 鞋袜 + 草地 =

(2)2/3 青蛙 =

3

已知:

　风 景 美

+ 美 呀 美

_____

风 景 美 呀

请问:风 =( ),景 =( ),美 =( ),呀 =( )

4

两瓶相同重量的糖水混合物（就是糖加水），一瓶糖、水比例为 2 比 3，另一瓶为 4 比 5。

请问，两瓶混在一起，糖、水比例是多少？

5

填字组词

(1)表示出乎意料之外。（　　）然

(2)不关心、不在乎的样子。（　　）然

(3)坚决、毫不犹豫。（　　）然

(4)表示情况发生得急促而又出乎意料。（　　）然

(5)非常恭敬的样子。（　　）然

(6)不应该这样而这样。（　　）然

6

找出"1、3、7、8"和"2、4、6"这两组数字的规律。

7

怎样才能使 8 个 8 相加得 1000？

8

看数字，猜成语。

(1)23456789

(2)1256789

(3)9 寸 +1 寸 =1 尺

(4)333333335555555

答案

1
菠萝蜜

2
(1)脚 – 鞋袜 + 草地 = 脚踏实地
(2)2/3 青蛙 = 有头无尾

3
风 =(1),景 =(0),美 =(9),呀 =(8)

4

$(2/5+4/9)/(3/5+5/9)=19/21$

5

竟然 漠然 断然 突然 肃然 居然

6

前一组是一声,后一组是四声。

7

888+88+8+8+8=1000

8

(1)缺衣少食
(2)不三不四
(3)得寸进尺
(4)三五成群

伏尔泰是福尔康的弟弟吗

1

世界历史课有一章讲到启蒙运动,伏尔泰是"启蒙三杰"之一。这时候,老师发现小明在打瞌睡,于是突然点他站起来回答问题:"伏尔泰是哪个国家的?"

小明揉了揉眼睛,答道:"是中国的呀。"

老师一脸惊讶。

小明赶紧补充:"他不是福尔康的弟弟么?"

2

又是一节历史课,小明仍然打瞌睡。老师问他:"文成公主嫁给谁了?"同桌的英子悄悄告诉小明:"是松赞干布。"小明迷迷糊糊没听清楚,就回答老师:"是宋朝干部。"

3

历史老师总是让同学们背人物生卒年、历史大事年等,同学们就发牢骚:"背这些有什么用啊?"

老师说了一句很经典的话:"将来科技发达了,你们能穿越到古代,好歹可以凭借今天你们背的东西,给别人算算命,也算是拥有一技之长啊。"

4

历史期末考试,有一题填空题:

黄帝建都(有熊)
尧建都(　　　)
舜建都(　　　)

有熊是一个地名。结果一名学生,竟然写出了以下答案:

黄帝建都(有熊)
尧建都(有猪)
舜建都(有狗)

5

历史老师:"提到俄罗斯,你们想到什么?"
小明:"俄罗斯方块。"
历史老师:"提到埃及,你们想到什么?"
小明:"木乃伊。"

6

历史老师:"你知道当初日本人怎么嘲笑我们的吗?"

(正确答案应该是"东亚病夫"。)

小明:"呵呵呵呵呵呵呵呵呵呵。"

7

历史老师:"你知道李时珍的著作是什么吗?"

小明:"《本草纲目》。我还知道他临死前说的是什么。"

历史老师:"是什么?"

小明:"哎呀,这药有毒……"

8

历史老师:"孔子教育学生,不分贵贱,所教的 3000 多名弟子中,就有 72 位成名……"

小明:"孔子学生的升学率真低,才 2.4%!"

你应该是牧羊座

1

送走王昭君之后，汉元帝责怪毛延寿："我让你画出宫中佳丽画像，你怎能丑化王昭君呢？"毛延寿跪地答道："其实每幅画均有注释，是皇上疏漏了。"汉元帝于是找来王昭君画像，果然，在右下角有一行小字：

图片仅供参考，具体以实物为准。

2

项羽摆鸿门宴，邀刘邦参加。张良劝说不要深入虎穴。刘邦豪气冲天，仰天长啸："我是邦！战士邦（James Bond）！"

3

苏武即将出使匈奴，未知将来命运，于是请教一星座学家："大师，我是哪个星座的，此行命运如何？"

大师幽幽答道："你应该是牧羊座。"

4

刘备三顾茅庐,终于见到了诸葛亮。一番"隆中对"后,刘备叹道:"真是听君一席话,节省十本书。另有一个问题我百思不得其解。先生是一标准宅男,为何对曹操、孙权、袁绍、袁术如此了解?"

诸葛亮微笑:"我悄悄关注了他们。"

5

话说诸葛亮六出祁山准备收复中原时,魏延建议,让自己引兵从子午谷的小路走,而诸葛亮带大部队从大路走,长安太守夏侯口并非将才,这样魏延就可以杀他个措手不及,然后就可以直奔洛阳了。

诸葛亮骂道:"没见识!你以为走小路就不收过路费?神州大地,处处都是关卡!"

6

刘备屯兵新野,终日无所事事,不免耽于床第之欢。孔明一来,便进言道:"主公若想实现霸业,绝不能沉迷女色,俗话说得好,红颜祸水啊!"话音刚落,一旁闪出关羽,怒目圆睁道:"你这么讲,是怎么个意思呢?"

7

孙权:"各位,如何才能鼎足江东?"

鲁肃:"主公,江浙沪包邮。"

8

话说唐朝某年科举考试，沙僧也去参加。当时考的是算学。监考老师盯着沙僧看了半天，果断地把他揪了出来，叱道："哼，你把算盘伪装成珠珠，以为我看不出来？"

9

话说杨宗保第一次带杨文广回家的时候，一一介绍他的长辈。轮到杨八妹的时候，穆桂英插话说："这就是赫赫有名的八妹，快去参拜！"

杨宗保喝道："无礼！这是文广的爷爷的亲妹妹啊！"

机灵的杨文广立即磕头拜道："拜见八婆！"

10

最近在看《水浒传》，一直纳闷，《水浒传》里面这帮人用的什么社交网站啊！怎么一报昵称全认识啊！

11

话说南宋最后一场抗元大战——崖山之战惨败后，陆秀夫和八岁的皇帝赵口被逼上悬崖，看来只有死路一条了。

这时候，赵口说："You jump, I jump."

陆秀夫对赵口说："德口皇帝辱已甚，陛下不可再辱。"毅然背赵口跳海牺牲。

12

太平天国分封诸王，共封了两千多个王，所以天王洪秀全又被网友称为"千王之王"。

13

金兵犯宋，岳飞道："母亲，请将'精忠报国'四字刻于孩儿背上。"

岳母手拿钢针，认真地在岳飞背上刺了起来。

刺完后，奄奄一息的岳飞好奇地问道："母亲刻字，为何执意要用一号字，而且还是加粗字体，单这些也罢了，可为何还有下划线，还要抹上红粉？"

中国式英语

1

英子负责我们出版社的版权书。有次在看一个翻译稿的时候,有个单词,怎么都翻译不出来。于是英子上穷碧落下黄泉地查字典,结果还是没翻译出来。

大家正一筹莫展的时候,传达室的穆姐送报纸来了,一看这个单词,脱口而出:"niuroumian,这有什么难的,牛肉拉面嘛!"

2

大学时候,我们系有次跟英语系踢足球。只见对方一哥们儿球衣上印着:shine。

我们中文系的,就按拼音读了出来:"屎呢?"

太奇怪了,他怎么叫这名字?

后来一问,那英语系的哥们儿叫"赵耀"。

赵耀,照耀,shine。

3

我正在家玩游戏,老妈发来短信:quiet tree so if。

没看懂,我就跟老妈打电话。老妈说:"要下雨了,快去收衣服!"

4

去一家咖啡店喝咖啡,听说店内有 Wifi,就问服务员密码是什么。

她告知:"史努比,小写的。"

于是我输入 snoopy,却被告知密码错误。试了好几次都不行,最后,我请服务员把密码写下来。只见她写道:"shinubi。"

5

老妈给我织了一件毛线衣。胸口处,她织了三个字母:ATM。我问她:"织个 ATM 自动取款机干吗?"

老妈说:"是奥特曼!"

6

据说,很多美国小朋友认为圣诞老人来自中国,因为,孩子早上醒来,袜子里的礼物上总写着:made in China。

7

go past no mistake past.　走过路过，不要错过。

watch sister　　表妹

You give me stop!　你给我站住!

know is know, noknow is noknow.　知之为知之，不知为不知。

you don't bird me, I don't bird you.　你不鸟我，我也不鸟你。

give you some color to see see.　给你点颜色瞧瞧。

we two who and who?　咱俩谁跟谁。

no three no four　不三不四

you have two down son.　你有两下子。

need just word, word has word.　你的就是我的，我的还是我的。

我想唱歌我就唱

1

有一句话,你一看,肯定不是读出来,而是唱出来:

　　妹妹你坐船头,哥哥我在岸上走……

2

统计学课堂上,老师在讲解一道题:"有一个估量……"

话音未落,一迷迷糊糊的同学小声哼了起来:"她有一点任性,她还有一些疯狂……"

3

放学过马路,遇见红灯,同学想闯红灯,我立即拉住他:"灯,等灯等灯!"

同学回头怪我:"就你知道英特尔啊!"

4

一快递员敲门进来："刚才是哪位打电话要寄快递？"

"你是哪家的？"小青问道。

"龙邦。"

小青一听，禁不住小声哼起来："龙——怒，龙里偷偷共岁问八药……"

5

有次上课，数学老师突然不知道自己讲到哪儿了，就翻自己的教案，一边翻一边小声嘀咕："哪一页啊？哪一页啊？"嘀咕几句后，她突然唱出一句销魂的歌声："那一夜，我伤害了你……"

昏昏欲睡的同学们立即都惊醒了。

6

上英语课，老师点一沉睡的同学小明回答问题："动词后边跟什么？"

小明还在迷糊呢："动次后面是大次，动次大次，动次大次，苍茫的天涯是我的爱……"

7

有一劫匪抢劫了一群人，劫匪声称最讨厌基督徒了。这时，基督徒小东叹了一口气："幸亏我不是，阿门……"

劫匪警觉了："什么？"

小东赶紧唱道:"……阿前一棵葡萄树,阿嫩阿嫩绿滴刚发芽,蜗牛背着那沉沉的壳呀……"

8

应聘者:面试官,我能不能问你一个问题,由答案来决定我的去留,好不好?

面试官:好。

应聘者:你是我天边最美的云彩,让我用心把你留下来……

面试官:留下来!

面试者:谢谢。

英语对联

1

上联：Time is avexation, come up roll and roll

下联：Life is a struggle, have 2 step by 1 step

横批：Work hard

赏析：很有哲理的一副对联。

2

上联：Everything is possible

下联：Impossible is nothing

横批：Just do it

赏析：将运动品牌的广告都融入了，妙。

3

上联：1234567

下联：ABCDEFG

横批：OK

赏析：这是一位音乐老师和一位英语老师结婚时用

的对联。

4

上联：Oxford teaches you noting about everthing

下联：Cambridge teaches you everything about
nothing

横批：New！

赏析：很牛的两所大学啊。

5

上联：To China for china，China with china，dinner
in china

下联：To Turkey for turkey，Turkey with turkey，
in tukrey

横批：Turhey's turkey on China's china

赏析：这个是绝对了。

6

上联：Eat Well Sleep Well Have Fun Day by Day

下联：Study Hard Work Hard Make Money More
and More

横批：gelivable

赏析：很给力的对联。

一只影响人类历史的苹果

1

老妈在 iPad 上看书,翻页的时候,用手蘸了一些口水,试图去翻页。

2

一哥们儿在 iPad 上玩切水果, 突然他把游戏暂停,把手在衣服上蹭来蹭去的。我就问:"你干嘛呢?"

他抬起头举着手幽幽地对我说:"磨刀!"

3

儿子喜欢玩 iPad 上的游戏,我怕他沉迷,就命令他:"把 iPad 还给我!"

儿子慢吞吞回到书房, 然后手上拿着 iPad 要还给我。我一拿,咦,怎么这么轻?

儿子笑了起来:"爸爸,我逗你的,是 iPad 皮子……"

4

今天逛街，发现苹果直营店里，很多人在买 iPad，偶遇一大妈，她问道："这手机很便宜吗？这么多人排队。"

5

"儿子，香蕉用英语怎么说呀？"

"banana！"

"橘子呢？"

"orange！"

"樱桃呢？"

"cherry！"

"苹果呢？"

"iPhone！"

"那大苹果呢？"

"iPad！"

6

今天给老妈买了一个 iPhone 5，怕老妈心疼钱，就骗她说，是 300 块买的山寨机。

晚上回来后，老妈很神气地告诉我："下午买菜碰到一个人，500 块买我的手机，我看能赚 200，就卖了……"

7

拒绝 iPad2 的八大原因：1，不如 iPad3。2，不如

iPad4。3,不如 iPad5。4, 不如 iPad6。5,不如 iPad7。6,
不如 iPad8。7, 不如 iPad9。8, 不如 iPad10。

8

据说,有三只"苹果"影响了人类历史:一只诱惑了夏
娃,一只唤醒了牛顿,一只正在引领全世界。

9

为什么,牛肉面没有牛肉,老婆饼不含老婆,海底捞
不在海底,苹果店没有苹果?

10

一哥们儿发了条 QQ 状态:哥的 iPhone5 太给力了,
摔了三次都没事!

立刻有人回复:介倒霉孩子,买到山寨货了!

人人都是哲学家

我的生活，就是在一条别人决定的路上，等待自己生命一点点地流逝，换取这一点点不知道有没有意义的前行。

——某的士师傅

要是把"你妈"、"操"、"滚"的口头禅改成"讨厌啦"、"哼"、"恩呢"，估计我早嫁出去了！

——某剩女

"泰坦尼克"号将要沉没之前，船长做的工作，就是维稳。

——某演员

所谓网虫，就是在杂志上看到下划线也想用鼠标

194

去点。

姚明、韩寒、郭敬明,三人躺在地上能否组成一个三角形?

——某数学系学生

我怎么觉得,每天洗澡就像给蚊子洗菜似的。

——容易被蚊子叮上的 B 型血女生

为什么老婆好哄,丈母娘难骗? 因为丈母娘已经上过一次当了。

——某姑爷

好厉害的老板

1

小青开了家化妆品店，生意非常好。你猜为什么？

只见一三十多岁的女顾客前来问小青："这款倩碧效果怎么样？"

小青回答："这款我也不清楚，请等会儿，我去叫我妈给你介绍。"说完他从里屋把他老婆拉了出来。

女顾客看着"小青的妈妈"三分钟，一句话都没说，就买走了那款倩碧。

2

范范开了家时尚衣服店，有一天，来了个推销保险的男人。一个小时之后，那男的保险没卖出去，还买了范范家的三件衣服。

3

小东是滨江道卖花的。他卖花可不比那些强塞的主儿，他想了个妙招，雇了一位长得像林心如的姑娘，装楚楚可怜,然后,拿着花找那些男的,抓住就说:"兄弟,给那位姐姐买束花吧,她在那里哭一天了。"

4

英子开了家理发店,有一天,顾客太多,很多人在坐着等。为了防止顾客离开,英子把所有客人的头发全都洗了!

5

楼下那个卖水果的小张,好厉害!香蕉刚摆上摊位的时候,叫天宝香蕉;有点发黄的时候,叫都乐香蕉;更黄的时候,叫海南香蕉;出现斑点的时候,叫越南斑点香蕉;全黑的时候,叫非洲黑香蕉!

6

小韩开了家驴肉火烧店,生意很好。有一天,一客人发现食物里有根头发,就用筷子夹起头发,喊了起来:"老板,你过来看看,这是什么?"

小韩眼睛不好使,看完后说:"哦。小二,给这位小伙子换双筷子!"

7

老汤开了家兰州拉面馆,生意好极了。

有一回,一位客人吃拉面,嫌肉少,就埋怨:"我这大碗的拉面,里面怎么才一块牛肉啊?"

老汤招呼了一下服务生,说:"来呀,帮这位客人的牛肉切一下,切成四块!"

8

有位女推销员非常漂亮,每次上门推销商品,她都会跟那家的男主人聊上一会儿,并当着女主人的面,对男主人说:"这次不必着急买,下次我会再来。"

这时候,女主人一般马上掏钱就买。

QQ

1

在 QQ 上跟一 MM 搭讪。

MM:"你是八几的?"

我:"88。"

然后她就下线了。

2

前天,一哥们的 QQ 签名是:"其实我没有想象中那么爱你。"

昨天改成:"老婆大人,我错了!"

今天写的是:"本人近日无家可归,求好心人收留。"

3

他暗恋她很久了,可是她已经有了男朋友。有一天,她跟她男朋友大吵一架。

他在 QQ 上安慰她。她电脑速度快,他电脑速度慢。以下是他们的 QQ 聊天记录。

她:"如果我和他分手了……"

她:"你还要我吗？"

他:"不要啊……"（他电脑延时，回答的是她的第一句话。）

4

又是一个 QQ 延时产生的误会。

她:"你爱我吗？"

她:"你在外面是不是有别的女人？"

他:"是啊,当然啊！"

她:"你竟然这样！你到底爱不爱我？"

他:"不可能！"

5

女朋友跟我打电话时,经常说"嗯";而跟我聊 QQ 时经常说"哦"。我问她为啥。

她说:"打字的时候'嗯'要按两下,'哦'只按一下;打电话时,'哦'要张嘴,'嗯'不用张嘴。"

6

想要彻底删除一个人真不容易:,新浪微博删了有人人, 人人删了有 QQ,QQ 删了有 QQ 群,QQ 群删了有 QQ 微博,QQ 微博删了有 QQ 校友,QQ 校友删了有 QQ 邮箱,全都删了吧,一看,还有微信!

7

最近戒烟,于是在 QQ 群里说:"哥戒烟了,家里还有一条红塔山,谁拿去?"

有人回复:"哥戒酒了,家里还有一瓶茅台,谁拿去?"

这时候,有一哥们儿回复了:"有戒色的吗?"

8

爱情七步曲,原来腾讯早知道:初识—甜蜜—无趣—腻烦—厌倦—逃避—再见

- 我在线上
- Q我吧
- 离开
- 忙碌
- 请勿打扰
- 隐身
- 离线

暴强回复

1

问：我新买了一个大庄园，我开车绕一圈，足足用了两个小时，羡慕我吧？

暴强回复：嗯，以前我也有这么一辆破车。

2

问：有人向我表白，我该怎么拒绝才能把伤害降到最低？

暴强回复：你就说："我回家征求一下孩子的意见。"

3

问：理科女生，为什么每次做题的时候，总要把前额的头发往上捋，露出大大的额头？

暴强回复：因为 CPU 高速运转时，需要良好的散热。

4

问：我出门散步总是很矛盾：抬头走，怕捡不到钱；低头走,怕看不到美女。

暴强回复:那你就点着头走吧。

5

问:相亲时,若女方说:"你没房没车来相什么亲?"该怎么回答?

暴强回复:我献爱心来了。

6

问:你觉得我唱得怎么样?

暴强回复:您刚才唱了一首本来很好听的歌。

7

问:长寿最简单的秘诀是什么?

暴强回复:保持呼吸,不要断气。

8

问:为什么金嗓子总请足球明星为其代言?

暴强回复:意思是说,让我们吃了,好有力气骂国足。

9

A:小说都是骗人的。

B:为什么?

A:动不动女主角买张火车票就跑了,她在哪儿买的?

我回家买票咋那么费劲!

10

A:我有一个朋友,一天瘦了 7 斤!

B:这么厉害! 怎么做到的?

A:她昨天生了个小孩。

11

问:我以前挺好看的,现在怎么越照相越丑了啊?

暴强回复:现在照片的像素越来越高了。

12

问:石墨是怎么变成金刚石的?

暴强回复:嘛里嘛里轰!

13

问:中学语文课上最伤感的一句话是什么?

一般回复:十年生死两茫茫,不思量,自难忘。

暴强回复:背诵全文。

14

问:请告诉我三条支撑你好好活着的理由。

暴强回复:我和三六条,六条早就被别人杠了。

15

问：为什么悟空一吹气，那些人就会昏过去？

暴强回复：他五百年没刷牙了！

二十个字的笑话
（三秒后会心一笑）

一、小时候

1

吃葡萄不吐核,妈妈说:"你头上要长葡萄藤。"

2

要是有一天,人把空气全吸完了,怎么办?

3

星星会不会掉下来砸我头上?

4

小时候以为亲亲嘴就会生小孩。

5

以为山和天是相连的,跑到山顶就可以摸到天。

6

为什么每天发生的新闻刚好填满一份报纸?

7

梦醒,哭:"我的花碗丢在菜地里了!"

8

总觉得窗外天边最高的山是喜马拉雅山。

9

把杨树枝倒着插到土里,以为长出来的是柳树。

10

到处插葡萄枝,却从没长成葡萄树。

二、读书郎

1

右手拿三支笔,一下抄三行,很快就抄完作业。

2

你有没有用完完整的一块橡皮？

3

我先睡会儿，老师来了叫我一声。

4

别超过这条线！

5

别看，老师在窗户那！

6

抄了整整两个厚笔记本的歌词。

7

为什么陈景润证明 1 + 1=2，还那么费劲？

8

数学老师念题：已知飞机每天飞行 250 小时……

9

很久以来，我以为黄页就是黄色网站。

10

在纸上写某人的名字,这个习惯保持了好多年。

11

去了学校机房才大悟:原来平时自己开机击败的机器全在这里。

12

考生切记:考试时最好穿耐克,千万别穿特步。

13

某同学考完数学后,默默地改了 QQ 签名:距离高考还有 365 天。

14

世界上比天空更宽广的是"考试范围"。

三、胖子自语

1

近朱者赤,近墨者黑,近吾者肥。

2

要适当吃一点,才有力气减肥。

3

完了,你也不理我,我成狗不理了。

4

一口吃不成胖子,但胖子却是一口一口吃出来的。

5

我胖的原因,是太小的身体容不下饱满的性格。

6

胖子不要围红色围巾,不然会很像 QQ。

7

只有两条出路,或者让身材变好,或者让心态变好。

8

再吃一碗,凑个二百斤整,再减肥。

9

我一称体重就不高兴,一不高兴就吃东西。

10

为什么,我的衣服又瘦了?

四、异想天开

1

瀑布从悬崖跌落,鱼会不会摔死?

2

杨过断臂那么多年,怎么剪指甲?

3

蔡伦小时候用什么擦屁股?

4

天太热了,后羿,你妈喊你出来射日!

5

野外遇蛇怎么办? 表慌,请面带笑容撑把伞,假装是许仙。

6

啥时硬件也可以 COPY 就好了。

7

为什么吃康师傅牛肉面, 从来没有看到广告里的大块牛肉?

8

拿复印机印钞票,结果发现出来的和平时用的不一样。

9

一小孩指着展台上的自行车圈喊:"妈妈,快看摩天轮!"

10

细胞分裂的过程: 。 0 8 。。

五、尴尬现场

1

狗在树边尿尿,一条腿抬起。一阵风吹过,狗倒了。

2

求婚,刚跪下,裤裆开口了。

3

公交车猛刹车,我抓住一大妈新买的拖把摔倒了。

4

爸爸每次醉酒,总要拉着小狗聊半个小时天。

5

一小孩推倒积木,大喊一声:"城管来了。"

6

过年了,爸爸举起酒杯发言:"来,kiss。"

7

萧峰摇着将死的阿朱:"你先别死!"

六、不谈爱情

1

让暴风雨来得更猛烈些吧,把那些约会的都淋成落汤鸡!

2

上街一定要和老婆手牵手,因为一松手她就会跑去买东西。

3

别跟我谈感情，谈感情伤钱。

4

热恋伤身，暗恋伤心。

5

婚车的牌子一定要吉利，比如"永久"。

6

情人节，我玩"连连看"，消灭一对是一对。

七、贫嘴王子

1

那人长得像素比较低。

2

跌倒了，爬起来再哭。

3

我不会眼睁睁地看着你往火坑里跳，我会闭上眼睛。

4

我先抛块砖，有玉的尽管砸过来。

5

俺从不写错字，俺写通假字。

6

您都好意思撒谎了，我哪敢好意思不信呢?

7

我要让全世界都知道我很低调。

8

信不信由你，反正我是不信。

9

听君一席话，省我十本书!

10

是金子总要花光的!

11

你要是再敢迈一步，wifi 可就断了!

12

惹人生气的方法只有两点：1.不把话说完。

13

我发誓再也不发誓！

蔫 坏

1

小卖部来了一对情侣，那女的，非常漂亮，拿了瓶饮料喝，喝完后，她问那男的："这上面写的'再来一瓶'是什么意思？"那男的回答："不知道。"女的就随手将瓶盖扔到垃圾桶，走远了。

我在后面赶紧去垃圾桶里找，又是吹，又是对着太阳看，果然发现了四个字：

　　谢谢品尝。

2

我去学校澡堂洗澡，那水真叫一个烫。

洗完后，我跟管理调节水温的大爷说："今天的洗澡水好凉哦，冻死了。"

然后我就走了，远远地听到澡堂里发出惨叫声。

3

记得我小时候,有一次爸爸问我:"你喜欢玩水吗?"

"喜欢啊!"

"那你去把碗洗了吧!"

4

我去一 QQ 好友的空间里逛了一下,发现她的相册文档,名字很吸引人:"我的果照。"可是需要密码。密码提示是:"叫声姐就给你看。"

于是我输入了"姐"字,果然通过了,但是看到相片的那一刻我就泪流满面了,上面就一个大字:

乖。

5

路上有两个盲人在打架,外面围了一圈人。路人想尽办法劝架,都无济于事。

这时候,我喊了一句:"我出一百块,赌那个有刀的人赢!"

只见那两个盲人顿时停了下来,然后开始疯狂地往外挤,拼命逃跑。

6

有一年夏天,我和老爸去青岛海水浴场游泳。只见那黑压压一片全是人，人山人海。爸爸慢悠悠地下水了，突然大吼一声："谁家的孩子干的坏事！在水里大便，漂得到处都是！"

瞬间，老爸100米半径内一个人都没有了。

7

下课铃声已经响了，老师还让同学们一起朗诵课文。同桌低声对我说："你估计现在有多少人在憋着尿读书？"

我回答："要不你吹口哨试试？"

8

小明在公司大楼门口处用水泥粘了一个一元硬币。

每天，总有人蹲在门口，装着自己的鞋带开了，系半天也系不上。

9

Ru guo ni zhen de du le zhe ju hua, shuo ming ni hao wu liao a.

10

我在六楼抽完了一根烟，随手扔出阳台。只见夜空中一个光点转瞬即逝地划过。这时候，一楼传来一个女孩的声音："哇，流星，快许愿！"

11

是谁呀，在运动会 1000 米快到终点的时候喊了一句："你钱掉了！"

结果，好几位选手都停下来找钱。

没文化，真可怕

1

你们怎么称冰心为先生呢？冰心明明是女的啊！

2

有位小盆友竟然说中国的四大名著是《西游记》、《红楼梦》、《三国演义》和《仙剑奇侠传》！没文化，真可怕，中国未来怎么办啊！他竟然把四大名著之一的《还珠格格》给忘了！

3

我不去新加坡，也不去马来西亚，更不要去什么泰国！我要去新马泰！

你懂不懂？新马泰这个国家都不知道，你还跟我相什么亲呀！

4

你们不要叫我宇老师，我是宇文老师！什么？我知道我是数学老师，但你们应该叫我宇文老师！不是语文老师！

5

我注意到苹果的 LOGO 缺了一块，可能缺少的正是对中国消费者的责任和良心。

6

我注意到奥迪公司 LOGO 上缺了一个环，我想可能缺的是对奥林匹克精神的深刻理解，和对更高、更快、更强的向往之心。

7

厕所里竟然可以烘手机，我得烘一烘我的"爱疯"。

8

卖裤衩啊！三块钱一条啊！
便宜点嘛，十块钱三条！
我进价都不止这个数啊，不能卖。

9

你算哪棵葱？
我是老外，是洋葱。

骑着单车追夕阳

1

有一回去甘肃的一座小镇玩，骑单车撞上了一棵
树。更倒霉的是，小镇上只有这么一棵树，以前小镇就叫
"一棵树"。

2

曾经骑单车追夕阳，迎面有一美女飞速骑过来。眼看
就要撞车了，说时迟，那时快，我喊了一声："我左你右！"
于是……我们果然撞车了。

3

"爸爸，我车被撞了！"
"啊，你没事吧？谁的责任？"
"我没事，应该是我的责任。"
"哦，难道对方一点儿责任都没有？"
"是的，对方没有责任。"
"对方开的什么车？"

"对方是墙。"

4

有一天我急着要出门,赶紧去开单车的锁,突然发现,开错车了,尴尬的是,车的主人来了,正怒目而视……正准备解释的时候,我的钥匙竟然把他车的锁打开了……

5

有一回我骑单车追夕阳,一不小心放了个屁。旁边两个放学的小学生评价道:"原来,自行车也有喷气式的。"

6

我们单位有个同事,单车老是丢,频率大概是一月一辆,不得已,他想出了一个好办法,每次停车后,他就把车把和车座拆下来。

果然,他的车子几乎没被人偷走过。

有一回他去滨江道看电影,又如法炮制。等散场后,他出来一看,单车不见了!

旁边一大爷告诉他:"刚才有个捡破烂的,把一堆废铁捡走了。"

7

我在网上联系到一个卖单车的,约好在家乐福门口见面。到了后,发现对方是一彪型大汉,指着超市门口的单车问:"要哪辆?"我当时就愣了,傻乎乎地说:"就红色那辆。"

只见那大汉从工具袋里掏出工具钳剪断了锁:"拿走,快给钱!"

我这才反应过来,撒腿就跑,留下那汉子在后面破口大骂。

故事新编

1

从前有两个渔夫，一个很勤快，一个很懒惰。勤快的那个每天出海打渔，懒惰的那位三天才有一天出海。可是一年下来，他们俩的收成差不多。

勤快的渔夫很不甘心，问懒惰的那位原因何在。

懒惰的渔夫回答："我每天都上网查天气、查渔汛，碰到天气不好时，我就不出海了。这就叫'三天打鱼，两天上网'。"

2

从前有两个渔夫，一个勤快，一个懒惰。勤快的那位总是有鱼吃，懒惰的那位就临渊羡鱼，流着口水问勤快的渔夫，怎样才能有鱼吃。

勤快的渔夫说："捕鱼的办法，网上多得是。你赶紧去搜索。与其临渊羡鱼，不如退而上网。"

3

从前有个农夫，一天在一棵树旁边捡到一只不小心撞死的兔子，非常高兴。第二天，他也不干农活了，守在同一棵树下，等待下一只不小心的兔子。可是，等啊，等啊，等到头发都白了，还是没等到。

有位智者指点他："你守株待兔而没有收获，是因为你没有隐身啊。"

4

吕布守虎牢关，探子来报：城下有弟兄三人叫阵。吕布冷笑："那三人，不足为惧。给我备战马！"

吕布出了城门，抬头一看，吃了一惊，只见那三兄弟一个个凶神恶煞。为首的高声喊道："妖怪，快把我师父交出来，不然我打破你的城门！"

5

项羽屯兵垓下坚守，刘邦引重重兵马包围，仍然破不了城。这时候，刘邦请来歌手唱四面楚歌。

其歌实在太过难听，如泣如诉，如呕如吐。项羽听得疯了，遂自刎于乌江。

6

郑国有个人去买鞋，来到鞋店后，一拍脑袋："哎呀，我忘记了！"

他正准备回家的时候，老板拉住了他："我知道你忘记了你脚的尺码，可是，为什么不用你的脚直接去试呢？人要学会变通啊……"

"别拉我，我是忘记带钱了！"

7

一天在朝上，赵高牵来一只鹿，对秦二世说："陛下，微臣给你献一匹好马。"

可是这分明是鹿啊！

见二世还在疑惑，赵高对各位大臣说："陛下如果不信，可以问问大臣。"

秦二世怒了，飞起一脚踹翻赵高："你生物是体育老师教的吧！"

8

相传牛郎的父母早逝，又常受到哥嫂的虐待，只有一头老牛相伴。有一天，美丽的仙女们到河里沐浴，并在水中嬉戏。这时藏在芦苇中的牛郎突然跑出来拿走了仙女们的衣裳。

这时，牛郎感到身上一紧，回头一看，吓得魂不附体：只见美女们从肚脐眼里喷出丝来，将他裹得严严实实。